उसकी कहानी

[कहानी संग्रह]

वाणी प्रकाशन
नयी दिल्ली-110002

उसकी कहानी

महेन्द्र वशिष्ठ

ISBN : 978-81-7055-354-0

वाणी प्रकाशन
21-ए, दरियागंज, नयी दिल्ली-110002
द्वारा प्रकाशित

संस्करण : 1994

: मूल्य : 75.00

कम्प्यूटेक सिस्टम, दिल्ली-110032
द्वारा लेज़र कम्पोज

शुक्ला ऑफसेट प्रिंटर्स, दिल्ली-110053
द्वारा मुद्रित

USKI KAHANI by Mahendra Vashistha

विकास व विनय को
सस्नेह

क्रम

कुचक्र

इन्टरव्यू बोर्ड में कुल चार सदस्य थे। मैं चेयरमैन था। मेरे अतिरिक्त तीन अन्य सदस्य थे। इंटरव्यू क्लर्क के पदों के लिए था। बोर्ड को अनुदेश था कि इंटरव्यू देने वालों से सामान्य भाषा में बातें की जाएँ, ताकि उन्हें अभिव्यक्ति में परेशानी न हो। मगर मैं चेयरमैन की कुर्सी पर बैठकर चेयरमैन से भी बड़ा हो गया था और 'क्या रखा है भाषा-वाषा में' का भाव पा लिया था। यूँ हिंदी मेरी मातृभाषा है। पर मैं हिंदी को तोड़-मरोड़कर बोलता। इसलिए कि, लगे कि मुझे हिंदी आती नहीं, मगर कण्डीडेट की सुविधा के लिए बोल रहा हूँ। हिन्दी न जानना या न जानते हुए लगने का अपना रौब है। कंडीडेट के न होने पर मैं बोर्ड के सदस्यों से शुद्ध अंग्रेजी में बातें करता। वह भी टु द प्वाइंट। ज्यादा खुलना चेयरमैन के पद पर बट्टा लगाना था।

कमरे में कंडीडेट के पैर रखते ही मेरे चेहरे पर पदेन शालीनता आ जाती। मुख पर नौ मिलीमीटर मुस्कान खिंच जाती। मैं उससे सामान्य बातें पूछता ताकि लगे कि मैं उसके लिए अनौपचारिक वातावरण निर्मित कर रहा हूँ ताकि वह निःसंकोच इंटरव्यू दे। मगर मैं जितना अनौपचारिक बनता, न जाने क्यूँ, कंडीडेट उतना ही संकुचित होता जाता। उसके संकोच पर मुझे अतिरिक्त संतोष मिलता। सोचता, 'कुत्तों' को 'घी' हजम ही कहाँ होता है। अंत में मैं कंडीडेट को तीनों सदस्यों के दंगल में 'पास-ऑन' कर देता। सदस्य बारी-बारी उसका मानसिक, कभी-कभी शारीरिक भी, बखिया उधेड़ते,

मैं निर्णायक की तरह वाच करता रहता। ऊबता तो आँखें बंद करके सुस्ता लेता। सुस्ताना मेरे श्रम का द्योतक होता। एकाध बार सुस्ती को झटके से तोड़कर कुर्सी पर सीधे रीढ़ करके बैठता ताकि लगे कि यूँ मेहनत के कारण सुस्ती वाजिब है, मगर सुस्ती को हावी न होने देने की हिम्मत रखते हैं।

कंडीडेट के चले जाने पर मैं सदस्यों से उनके लिखे हुए रिमार्क्स लेता। उन्हें जम्हाई लेते हुए पढ़ता। जम्हाई इसलिए कि उन्हें पता चले कि उन नाचीजों की बात काबिले-जम्हाई है। ज्यादा से ज्यादा दो सदस्यों के निर्णय को वीटो करने का मुझे अधिकार था, जिस अधिकार को मैं अवसर मिलते ही 'अवेल' करता था। मगर तीनों सदस्यों के एकमत होने पर मैं सहमत होने पर विवश होता।

आठ व्यक्तियों के इंटरव्यू लेने के बाद मैंने लम्बी जम्हाई ली। घड़ी देखी। फिर सदस्यों से अंग्रेजी में कहा–'जैंटलमैन, लंच टाइम होने तक हम एक कंडीडेट को और भी निपटा सकते हैं।'

'यस सर, यस।' तीनों सदस्य बोले। उनका अदब देखकर मेरे अहम को बड़ा बल मिला। स्फूर्त होकर मैंने घण्टी बजाई।

द्वार पर चिक हटी। नवयुवक कमरे में दाखिल हुआ। हाथ में मैली-सी फाइल। पैरों में जूतियाँ। बिना पॉलिश की हुईं। किसी कमजोर साबुन से धोए कपड़े। रुखे केश। चेहरे पर उथला-पन।

मुझे हिकारत हुई।

अगले ही पल मैंने हिकारत समेटी, चेहरे पर शालीनता लपेटी और नौ मिलीमीटर मुस्कान खींचकर अनौपचारिक वातावरण बनाने के लक्ष्य से हल्के-फुल्के सवाल किए। मसलन, 'नाम क्या है ?' 'कहाँ पढ़े ?' 'कौन-कौन विषय पढ़े ?' 'कहाँ के रहने वाले हैं' ? आदि। फिर मैंने उसे सदस्य नं. एक डॉ. शर्मा को सौंप दिया। डॉ. शर्मा खंखारे और पूछा–'आपने कितने इंटरव्यू दिए हैं··· आई मीन, पहले कभी कोई इंटरव्यू दिया है ?'

सुनकर कंडीडेट यकायक असहज हो उठा। अनायास उसकी नजर अपने कपड़ों पर गई, मानों उससे उसके मौजूदा हुलिए के बारे में पूछा

गया हो। शायद उसे लगा कि उस पर व्यंग्य किया जा रहा है कि आज तक उसका कहीं भी चयन क्यों नहीं हुआ और साथ में एहसास कराया जा रहा है कि इस दशा में उसका चयन करता कौन। वैसे मुझे भी लगा कि कंडीडेट का शक सही है, क्योंकि डॉ. शर्मा उसकी वेश-भूषा को बार-बार नाक सिकोड़ कर देख रहे थे। वे क्या हम सभी देख रहे थे। वैसे भी सदस्यों को यह अधिकार था कि वे एकाध विचारोत्तेजक प्रश्न भी पूछें, जिससे कंडीडेट की प्रवृत्ति एवं प्रकृति को परखने में सुविधा रहे। सो, कंडीडेट को डॉ. शर्मा का प्रश्न बुरा भी लगा हो तो खास बात न थी।

बहरहाल, कंडीडेट कुछ पल तक बोल न पाया। उसकी चलायमान नज़रों से लगा, वह ऊहापोह की स्थिति में हैं। तत्पश्चात् उसकी नासिकाओं में हरकत हुई, एक तिलस्मी-सी साँस ली उसने और बड़ी नियंत्रित-सी शिष्टता के साथ मुझसे कहा–'सर, क्या मैं भी कुछ जानने की धृष्टता कर सकता हूँ।' मुझसे आज्ञा ली गई थी, सो सुकून मिला। उदारतापूर्वक मैंने आज्ञा दे दी। कंडीडेट डॉ. शर्मा की ओर उन्मुख हुआ, बोला–'क्या मैं जान सकता हूँ कि आपने कितने इन्टरव्यू लिये हैं ?' डॉ. शर्मा सकपकाए। बौखलाए-से। मेरी ओर देखा उन्होंने। मैं उनकी ओर मुस्कराया, जिसका अर्थ था कि कोई बात नहीं, ऐसे कंडीडेट से भी निपट ही लो।

डॉ. शर्मा ताल ठोंकने के-से अंदाज से बोले–'चार इंटरव्यू ले चुका हूँ !'

'मैं छह इंटरव्यू दे चुका हूँ !' कंडीडेट ने झट उत्तर दिया। डॉ. शर्मा लड़खड़ाए–से, मगर तुरन्त संभलकर बोले–'ठीक है, मगर समझ में नहीं आता कि क्लर्क के इंटरव्यू से आपकी जिज्ञासा एवं प्रश्न का क्या संबंध है, खैर···।' डॉ. शर्मा बोल ही रहे थे कि कंडीडेट ने टोका–'क्लर्क के इंटरव्यू से आपके सवाल का क्या ताल्लुक था ?'

'ताल्लुक है।' डॉ. शर्मा ने बनावटी मुस्कान के द्वारा नकली धैर्य दिखाते हुए कहा–'यू नो, कंडीडेट्स के मुकाबले पदों की संख्या अत्यन्त कम है, ऐसे में योग्यतम व्यक्तियों के चयन के लिए किसी भी बोर्ड को सदैव कंडीडेट्स को अपने ढंग से परखना पड़ता है, इसलिए कृपया

आप··· ।'

'यदि हिन्दुस्तान में अब तक इसी तरह योग्यतम व्यक्तियों का ही चयन होता रहा है तो देश में प्रगति की अपेक्षा दुर्गति क्यों हो रही है ?' कंडीडेट ने डॉ. शर्मा की बात पूरी न होने दी थी।

डॉ. शर्मा ने पुनः मेरी ओर देखा। मैं पुंनः मुस्कराया। मेरी मुस्कान में डॉ. शर्मा के लिए चुनौती स्वीकारने का निर्देश था।

'डॉ. शर्मा ने कुछ देर सोचा, फिर बोले–'ओके, आप कैसे कहते हैं कि प्रगति नहीं हुई है ?'

'आप कैसे कहते हैं कि हुई है ?'

'हम तो आँखों से देख रहे हैं प्रगति को, यकीन है आप भी देखते होंगे।'

'देखता हूँ। मगर दुर्गति को। इन आँखों से।'

'वो कैसे ?' डॉ. शर्मा पूरी तरह निपटने की तैयारी कर चुके लग रहे थे।

'दुर्गति खुद जीकर, जीते हुए अन्यों को देखकर।'

'कहाँ की बात कर रहे हैं आप !'

'अपने गाँव की।'

'ओह, रुरल इकोनॉमी की बात कर रहे हैं !' डॉ. शर्मा व्यंग्य से मुस्काए, खुलकर। फिर करवट बदलकर बोले–'फाइन, रूरल इकोनॉमी का यदि आपको इतना ही दंभ··· सॉरी ज्ञान है, तो बताइए गाँवों में प्रति व्यक्ति आय क्या है इस वित्तीय वर्ष के अनुसार··· ।'

'कोई आय नहीं। भूखों मरते हैं लोग वहां। आप लोगों की मोटी आय··· ।'

'नो पर्सनल कमेंट्स।' मैंने इंटरफियर किया। बताया न, चेयरमैन था मैं !

'कुछ लोगों की मोटी आय को,' कंडीडेट ने सुधार किया–'काल्पनिक रूप से तकसीम देकर गाँवों के लोगों की आय होना करार दे दिया है, जो गलत है। दूर बैठकर आँकड़े जनने और उन्हें बटोरने से प्रगति नहीं

होती, जनाब।'

'आप इतना बेसब्र क्यों हो रहे हैं ?' डॉ. शर्मा बोले, इस लक्ष्य से कि यदि वह बेसब्र न भी हुआ हो तो भी माना जाए कि वह बेसब्र हुआ है। वे आगे बोले–'रूरल इकोनॉमी हमने भी पढ़ी है।'

- 'रूरल इकोनॉमी धोखा है।' कंडीडेट वाकई उत्तेजित हो गया था।

'क्यों'? आप क्या समझते हैं हमें गाँवों की जिन्दगी के बारे में कोई ज्ञान नहीं है !' डॉ. शर्मा कंडीडेट को पस्त करने और साथ में उसे 'रेलिश' करते हुए लगने लगे थे। मगर कंडीडेट उत्तरोत्तर अपने विचारों के प्रति गंभीर होता जा रहा था। उसने तनिक सोचा, फिर धैर्यपूर्वक कहा–'ठीक है। माना। 'हल' क्या होता है, यह तो आपको मालूम होगा ?'

'हाँ।' डॉ. शर्मा आत्मविश्वास व उत्साह के साथ बोले–'जिससे खेत गोड़ते हैं, या प्लो…।'

'तो बताइए 'हलस' क्या होता है ?'

'क्या ?' डॉ. शर्मा ने आँखें फाड़ीं। शब्द उसकी समझ में आया नहीं था। कंडीडेट जारी रहा–'क्या होती है 'कात' ?'

कंडीडेट चुप हो गया। डॉ. शर्मा ने उपहासात्मक अंदाज में कहा–'पूछिए, पूछिए।' इस तरह मानों उन्हें पता तो सब है, मगर मूर्खतापूर्ण प्रश्नों के जवाब देना उनकी फितरत में नहीं है। कंडीडेट ने उपहास को भाँप लिया था, मगर वह बिना हतोत्साहित हुए और अधिक जमकर सामने आ गया था। बोला–'मेड़' सुनी होगी, 'खाई' भी, मगर 'डौला' क्या होता है ? क्या होता है 'खूड' ? 'उपला' सुना होगा, 'बटौड़ा' क्या होता है ? 'चारा' सुना होगा, 'बूंगा' क्या होता है ? 'खलिहान' का पता होगा, 'पैड़' क्या होती है ? गन्ने का 'कोल्हू' पता होगा, 'सुकलाई' क्या होता है ? 'सिंचाई' सुना होगा, 'औसरा' क्या होता है ? 'फसल' जानते होंगे, 'बारे उड़ाना' क्या होता है… ?'

मेरी सुस्ती दूर हो चुकी थी। डॉ. शर्मा ऊब प्रकट करने लगे थे हाव-भाव से। शो करना चाहे थे कि कंडीडेट महज बकवास कर रहा है। मगर उनके गले में हड्डी फँस चुकी थी, जिसे न निगल न ही उगल पा

रहे थे। पीछे हटना या 'अच्छा, बाबा माफ करो' कहने की परिस्थिति में भी वे न थे। हाँ, मैं अधिकार के साथ इंटरफियर करके स्थिति को नियंत्रित कर सकता था, मुझे लेकिन स्वयं रुचि हो आई थी।

कंडीडेट कुछ पल चुप रहा। लगा, वह थक चुका है। मगर सहसा वह पुनः शुरू हो गया, नए सिरे से। बोला–'देखी है आपने जेठ की धधकती दुपहरी ? बारिश ? बारिश में ढहते कच्चे घर ? बहते छप्पर, खलिहान, डूबी फसलें, सूखा, ओले, पाला, चूहे, टिड्डियाँ, नील गायें, भूत-प्रेत, भाग-किस्मत, महामारी, झांड़-फूंक, लट्ठम-लट्ठा, मुकदमेबाजी, साँपों की बाँबियाँ, शादी-ब्याह, तीज, फागुन, भूखे बच्चे, बीमार बच्चे, निवाले और दवा को तरसते बच्चे··· ?'

कंडीडेट ने सामने मेज पर रखे पानी का गिलास उठाया। एक ही साँस में पी गया उसे। फिर सब ओर गहरी नजर फेरी। संयत होकर सहज-से बोला–'आपने नहीं देखी होगी खरबूजे की असली महक··· नहीं गुजरे होंगे आप कटहल के बागों से··· नहीं खाई होंगी ककड़ियाँ अपने हाथ से तोड़कर··· । कहिए, घूमे हैं आप कंटीले-रेतीले-पथरीले राहों पर नंगे पाँवों से ? काटे हैं दिन सर्दी के बिन कपड़ों के ? तरस कर देखा है कभी फीस के दो आनों को ? रहे हो दो वक्त भी भूखे पेट ? बीनी हैं सूखी लकड़ियाँ-कँटीली, लूओं में ? की है रखवाली खेत की या बहाया है पानी जमे पाले में ? जूड़ा है कभी ईंख ततैयों से भरा ? कितनी बार बिदके हैं सहसा देखकर साँप को ? बारिश में कभी भरे हैं गड्ढे चू रही छत के ? गुजारा किया है ज्वार की सूखी रोटियों में ? पता है कैसे बनता है गुड़ ? कैसे ब्याती है गाय ? चने की टाट कैसी होती है, पता है ? और होले ? झेला है होले खाने के बाद की प्यास को··· ?'

डॉ. शर्मा पैर फैलाकर कुर्सी पर पसर गये थे। बाकी दोनों सदस्य बारी-बारी उठकर बाथरूम होकर आ चुके थे–इस प्रतीक स्वरूप कि चेयरमैन द्वारा समर्थित इस कंडीडेट की गँवार बातों से वे मुतस्सिर कतई नहीं है, वे चेयरमैन होते तो अब तक उसे उठा बाहर फेंक देते। यूँ मेरे हृदय का अज्ञात कोना कंडीडेट के लिए आर्द्र हो गया था, मगर मैंने उसे प्रकट न

होने दिया था, तथापि न जाने कैसे सदस्यों के हाव-भाव से लग गया था, कि वे मेरे बारे में भाँप गए थे। यह स्थिति मेरे मन के बृहद अंश को गवारा न थी। मुझे लगा कि काफी देर से चेयरमैन के रूप में मेरा वजूद पृष्ठभूमि में धकेल दिया गया है। लिहाजा मैंने खंखार कर अपना अस्तित्व दिखाया। फिर मैंने कंडीडेट से कहा—'ओके महाशय, अब आप गंभीर होकर इंटरव्यू दीजिए, और···।'

कंडीडेट ने सलीके से मेरी बात को झेला और शालीनता के साथ कहने लगा—'सर, मैं जानता हूँ कि बोलने का अतिरिक्त अधिकार ले रहा हूँ मैं···।' कहकर उसने तनिक सोचा। फिर बोला—'सायबान···।' उसने कुछ 'कन्फेस' करने के अंदाज में आर्द्र शब्दों में कहा—'शुरुआत ही गलत हो गई है आज··· अंजाम मैं जानता हूँ, उसे भुगतूँगा भी मैं ही··· मगर मेरा यह लक्ष्य कतई न था··· कभी रहा भी नहीं, गत किसी भी साक्षात्कार में नहीं रहा···। अपनी दशा का मुझे स्वयं आभास है··मगर क्या करें···।' लगा, भावुक हो गया था वह। टूटे-फूटे शब्दों में बोला—'पचास कोस से आ रहा हूँ··· समय पर न भाड़ा जुटता है··जुट भी जाए तो न ठीक से बसें मिलती हैं, न ट्रेन··· ऊपर से ग्रामीण डाक-व्यवस्था--कल शाम को पत्र मिला है आपका··· जैसा था, वैसा दौड़ा चला आ रहा हूँ···।' भावुकता-वश अपना ऊपर का होंठ काटा उसने। 'छह बार फेल हो चुका हूँ··· एक बार और सही··· बल्कि स्थिति यह है कि यदि पास हो जाऊँ तो अजीब-सा लगेगा ·· अझेल-सा। मगर न जाने क्यों अब सहन नहीं होता बोझ···।··· मैं नहीं कहता कि आप लोगों को गाँवों का ज्ञान नहीं है, मगर सवाल यह है कि उस ज्ञान की परवाह किसे है—पड़ा रहे बुद्धि के किसी कोने में अपनी बला से !'

कंडीडेट किसी करुण भाव से घिर गया था। जितना उत्तेजित, उत्साहित एवं आक्रामक वह लग रहा था, अब उतना न था। हमारी ओर नजर उठाकर देखना बंद कर दिया उसने। सामने मेज पर अनिमेष देखता वह पुनः बोला—"'सभ्य' लोगों को सड़ांध आती है हमारे बदन से, कपड़ों से··· हमसे हिकारत है उन्हें···। लेकिन हाँ, उन्हें हम पर बनी फिल्में

भाती हैं··· हम पर लिखी कहानियाँ लुभाती हैं उन्हें···। हमारी जिन्दगी जी नहीं सकते वे, अलबत्ता हमारी खाक जिन्दगी पर 'कलाएँ' करके ठाठ जिन्दगी कमाते हैं वे··· कहानियाँ लिखते हैं हम पर··· हम पर करते हैं चित्रकारी-काल्पनिक, स्वप्निली, मीठी-मीठी, लुभावनी··· मगर झूठी, थोथी, आदिम, यथार्थहीन···। उन्होंने जाना ही कहाँ है हमारा मौजूदा यथार्थ···।' उसने अपनी नजर उठाकर मेरी नजरों में ताका। मगर लगा, वह मुझे नहीं मेरे अंदर किसी और चीज को देख रहा है। नजरें पुनः झुका लीं उसने और संयत होकर बोला–'आज हम प्रेमचंद के 'होरी' नहीं हैं। हम झूठे हैं, दंभी हैं, चालाक हैं। हम लेना जानते हैं ऋण, बैंकों से, सोसायटियों से--बेजुगराफिया, बे-मौसम अंगूर बोने के लिए या मशरूम उगाने के लिए। कर्ज-वसूली के समय हम भाग जाना जानते हैं, छुप जाना जानते हैं, कर्ज-माफी की रैलियों में शरीक होना जानते हैं।··· मुकदमेबाज हैं हम··· हम लड़ते हैं सिर-फोड़ पंचायती चुनाव।··· हम शहरियों को गरियाना जानते हैं ·· मगर साथ ही हम शहरी भी होना चाहते हैं–हम खूब दाँत चमकाना चाहते हैं··· त्वचा रेशम-रेशम बनाना चाहते हैं··बालों को घने काले करना चाहते हैं··बाजारू टॉनिक खाना चाहते हैं··· चॉकलेट खाना चाहते हैं··फलों के फलेवर वाले पेय पीना चाहते हैं··· हम फैशन करना चाहते हैं···। क्यों ? ··· क्योंकि हमारी आत्मा, हमारा जमीर, हमारी नीति–सब बेमतलब सिद्ध होते जा रहे हैं··· चरित्र पृष्ठभूमि में धकेला जा रहा है, शरीर आगे लाए जा रहे हैं। इसलिए हम शरीर चमका कर 'सभ्य' लोगों में शरीक होना चाहते हैं। किंतु विडंबना यह है कि हमारे पास साधन नहीं हैं··· और, [illegible]यबान, आज हम न शहरी 'सभ्य' हैं, न ही गँवार, बस विडंबना हैं, विडंबना···।'

वह चुप हो गया। कुछ पल पश्चात् उसने यकायक मेरी ओर ताका। डॉ. शर्मा को तब तक पूर्णतः नकार चुका था वह। मैं उसकी नजरें सहने के लिए तैयार न था। सपाट था मेरा चेहरा। फिर वही बोला–'··· और इस विडंबना के लिए जिम्मेदार है आपका मीडिया, आपकी योजनाएँ, आपकी सरकार, आपकी सियायत, आपका अंध उत्पादन, आपका उपभोग···।' वह कुर्सी से उठ खड़ा हुआ। फाइल बगल में दबा ली उसने। कुर्सी छोड़ते हुए

बोलता गया वह–'आप खुद और आपका कुचक्र !'

कंडीडेट चला गया।

मैं किंकर्त्तव्यविमूढ़ बैठा रहा। डॉ. शर्मा विशेष भाव के साथ झटके से उठकर बाथरूम चले गए। शेष दोनों सदस्यों ने मौन रूप से यह 'शो' करने की कोशिश की कि 'उसकी ये मजाल !'

मैं अपूर्व रूप से हल्का था। मगर वातावरण बोझिल। वातावरण को सहज बनाने के लिए मेरे मुँह से बस यही कहा गया, दोनों सदस्यों से–'आप लोगों ने बातें नहीं कीं कंडीडेट से ?'

यद्यपि वे कह सकते थे कि कंडीडेट ने अवसर ही कहाँ दिया, किन्तु उनमें से एक ने कहा–'सर, निर्णय करने के लिए डॉ. शर्मा से हुई बातें काफी हैं !' वे दोनों हँसे, इस आशा में कि मैं हँसूँगा। मैं अलबत्ता कुछ सोच रहा था। अन्त में मैंने कहा–'एनि वे, आप अपना एसेसमेंट लिखकर मेज पर रख दें और जाकर लंच लें, लंच टाइम में देर हो चुकी है।' कहकर मैं बाथरूम की ओर चला गया। डॉ. शर्मा रूमाल से हाथ पोंछते हुए बाहर आ गए थे।

बाथरूम में जाकर मैंने अपना चेहरा देखा। लगा इसे अर्से बाद देख रहा हूँ। अतिरिक्त साहस बटोरा मैंने और मान लिया कि ऐसा कुछ भी नहीं है। मैंने चेहरा धोया और तौलिए से पोंछकर बाहर आ गया।

तीनों सदस्य जा चुके थे। पेपरवेट के नीचे खुली फाइल में कंडीडेट के विषय में तीनों के विचार थे। एक ही स्थान पर। नीचे तीनों के हस्ताक्षर थे। लिखावट डॉ. शर्मा की थी। अंग्रेजी में लिखा था–'कंडीडेट का व्यक्तित्व पुअर है। कंडीडेट ने इंटरव्यू जैसी चीज को गंभीर नहीं लिया है। उसका नॉलेज पुअर है। अपनी जानकारी को वह सर्वोपरि और अंतिम समझता है। अप्रासंगिक व अतिरिक्त बातें करना कंडीडेट की प्रकृति है। कंडीडेट आक्रामक, गैर जिम्मेदार, अशिष्ट, धृष्ट, वाचाल एवं दंभी है। कंडीडेट अतीत-जीवी और प्रगति-विमुख है, यानि वह प्रगतिशील नहीं है। वह सेल्फ-पिटी व याचना में रुचि रखता है, जो अकर्मण्यता की द्योतक है। कण्डीडेट अवांछित रूप से इमोशनल भी है।'

उनके विचार पढ़कर मेरे हृदय को ठेस लगी। मगर तीनों के एकमत होने पर मैं उनके विचारों को स्वीकार करने को बाध्य था। बहुत देर तक उलझन की स्थिति में बैठा रहा मैं। लंच का टाइम निकला जा रहा था। उधर सामने ही तीनों सदस्यों के विचारों का अभेद्य जाल पड़ा था, खुला।

और अंत में मैंने अपने हृदय को डाँटा--'अरे, इतने छोटे-से मसले पर डिसीजन देने में इतना इमोशनल होने की क्या जरूरत है ? तूने कई बातें तो नोट की ही नहीं–मसलन 'व्यक्तित्व', 'गैर जिम्मेदारी', 'अशिष्टता', 'धृष्टता', 'दंभ', 'प्रगतिशीलता', 'सेल्फ पिटी', 'अवांछित भावुकता', 'अकर्मण्यता' आदि-आदि। नहीं न ? तो चुप कर।'

और मैंने भी फाइल पर नीचे लिख दिया–'नॉट रिकमेंडिड।'

अपने हस्ताक्षर घसीटकर मैं लंच रूम की ओर बढ़ गया। न जाने कौन-सा बोझ अब भी था मेरे हृदय पर।

बिर्जो दादी

यूँ तो नीति कहती है कि मृत व्यक्तियों के प्रति ऐसा-वैसा विचार मन में लाना नहीं चाहिए, मगर सत्य यह है कि बिर्जो दादी की मृत्यु सूचना पर मेरी गर्दन की नसें इस तरह तन गयी थी मानों वह मेरे समक्ष वैठी है और मैं कह रहा हूं–'अच्छा हुआ, जो तू नहीं रही।' बिर्जो दादी की मृत्यु से मुझे मात्र ऐसी ही 'डिस्टर्बेंस-सी' हुई थी, जैसी बिना फूल पत्तों के सूखे काँटेदार वृक्ष के, अंधड़ में एकाएक ढह जाने से होती है–एक सुखद शून्य की व्याप्ति, एक चिरपरिचिती का असुखद अन्त।

बिर्जो दादी गत पचहत्तर वर्षों से जुड़ी थी मेरे गाँव से। व्रज क्षेत्र की रहने वाली थी, सो गाँव में बिर्जो कहलाई। 'बिर्जो भाभी', 'बिर्जो चाची' आदि संबोधनों से गुजरती हुई अब वह 'बिर्जो दादी' हो गयी थी। अठासी की होकर मरी है वह। दुल्हन बनकर आई तो मात्र चौदह की थी। सोलह की होते-होते उसने एक और प्राणी को पैदा कर घर में जोड़ दिया था। खुशी में एक चंदा और तब जुड़ा जब उसी दौरान बिर्जो की माँ ने भी उसका एक और भाई पैदा किया। बिर्जो के अब दो भाई हो गये–झुम्मन, जो पाँच बरस का था और अब रम्मन नाम से एक और भाई आ गया था। यूँ तो झुम्मन और बिर्जो के बीच तीन संतानें और भी हुई थीं, पर पैदा हो-होकर वे सब मर गयी थीं। बस झुम्मन बचा था–वह भी माँगे हुए पराये लत्ते-कपड़े पहन-ओढ़कर व कान छिदवाकर।

कोई डेढ़ बरस बाद बिर्जो का बापू गुजर गया। मातम के लिए गयी

तो देखा, माँ का पाँव भारी था। हालाँकि दाई ने बताया था कि कमजोरी है, सातवाँ प्रसव ठीक नहीं होगा। पर बच्चे तो भगवान की नेमत थे, जितने हों, स्वागत था। उस समय बिर्जो भी एक और आस पेट में लिये थी।

बिर्जो ने दूसरा भी लड़का ही पैदा किया। मगर उधर मायके से खबर आई कि बिर्जो की माँ व बच्चा प्रसूति के दौरान खत्म हो गये। बिर्जो को अलबत्ता इतना ही रंज हुआ था, जितना ससुराल में ज्यादा ही रम चुकी लड़की को होता है। बल्कि बिर्जो का तो सिद्धांत था कि जो खाया सो अपना, वरना पराया तथा गम करने से सेहत गिरती है—चिंता चिता समान, सेहत ठीक तो सारा ठौला ठेंगे पर।

बिर्जो दादी सरजू दादा को लेकर अपने मायके गयी और परिजनों की एक भी सुने बिना मैके की पाँच एकड़ जमीन को आधे साझे पर देकर अपने दोनों छोटे भाइयों को साथ ले आयी। घर पर ताला लगा आयी। झुम्मन सात-आठ बरस का हुआ था और रम्मन तीन बरस का होने को था। उन्हें खेलने-खिलाने को दो भानजे—भोलू और कालू मिल गये थे और अपना दुलार करवाने को जीजा जीजी। दोनों भाइयों की जिंदगी अच्छी गुजर निकली। झुम्मन माँ को भूलने लगा, रम्मन को तो याद ही क्या था।

हालात कब एक-से रहे हैं। शनैः-शनैः झुम्मन-रम्मन के चारों ओर के हालात बदलने लगे। रम्मन व उसका भानजा भोजू करीब-करीब हम-उमर थे। कभी-कभी वे एक दूसरे की बाल-खिंचाई कर बैठते। रम्मन मस्त था, भोलू चिड़चिड़ा। रम्मन भोलू को पीट देता था। रम्मन यदि पिटता भी था तो ज्यादा रोता-पीटता न था। बिर्जो को बेटे के मुकाबले भाई का ठाड़ापन खलता था। झुम्मन को बहन का रुख पसंद न था, पर वह भी अल्हड़ ही था, स्मृति कच्ची थी, जल्दी भुला देता था। कालांतर में जब झुम्मन की स्मृति स्थायित्व पकड़ने लगी, तो बात बिर्जो की आँख में गड़ने लगी। वह अपना तकिया कलाम दोहराती—'मैं तुम्हें यहाँ उठाकर न लाती तो तुम कीड़े-मकोड़ों की तरह मरते।' बहन का मूड देख झुम्मन कालू भानजे को गोद में टाँगकर बाहर चला जाता।

पड़ोस के गाँव वाले मदरसे में भोलू को दाखिल करवा दिया गया।

यूँ तो उसका मामा रम्मन भी उसी का हम-उमर था, मगर उसकी गोद में नवजात भानजी पकड़ा दी गयी थी। झुम्मन तो जीजा के साथ खेत-क्वार में हाथ वँटाने लग ही गया था। भैंस-गायें चराना, सानी-पानी करना, खेत में हर मौसम में पानी बहाना, खलिहान सँभालना आदि उसके पक्के काम हो गये थे। वह वाकई कमाऊ निकला। बिर्जो की मात्र दो एकड़ जमीन में भी वह बरकत दिखाता था। अब तो बिर्जो को मायके वाली जमीन से भी फसल का आधा हिस्सा आ जाता था।

झुम्मन अपने काम से काम रखता था। उसे लोग 'भगत जी' कहने लगे थे—उसके स्वभाव को देखकर। हालाँकि खेत में अकेला झुम्मन तरह-तरह के सपने देखकर प्रकृतिस्थ होता तो उसे 'भगत जी' शब्द से बड़ी कोफ्त होती क्योंकि गाँव में भगत जी का अर्थ प्रायः शादी, ब्याह, घर, गृहस्थी से निर्लिप्तता मात्र था। जबकि अपने हम-उमर लड़कों की सगाई ब्याह पर उसके मन में न जाने कैसी-कैसी लहरें उठती थीं। मगर उसे बहन का लिहाज था। इज्जत का सवाल था, खानदान तक की बात थी, सो वह गाँव की लम्बी गली से नजरें झुकाकर गुजर जाता था। वह झुग्गी डालकर समझो खेत में ही बस गया था। उसका रोटी-पानी वक्त-बेवक्त रम्मन के हाथों पहुँच जाता था। रम्मन उसका खाना दे आता और गोद में लेकर दूसरी भानजी को भी खिला लाता—पहली को उँगली थमाए साथ लेकर। छोटी वाली भानजी घर में तो चिल्लाती रहती थी, पर खेतों की हरियाली देख वह उछल-उछल पड़ती थी—रम्मन की गोद दर्द कर उठती थी।

भोलू चौथे दरजे तक पहुँच न सका। दूसरे दर्जे में ही उस्ताद ने दो बार फेल कर दिया। इस तरह चार-पाँच बरस मदरसे में कट गये तो उसके रिश्ते आने लगे। भोलू भानजा व रम्मन मामा हम-उमर जरूर थे पर परस्पर भाई तो न थे न, सो एक साथ रिश्ते फिट न बैठते थे। रम्मन का रिश्ता भोलू से पूर्व हो, यह बिर्जो को गवारा न था—अपने उदर की औलाद सहोदर से कमतर आँकी जाए, गैर मुमकिन। उधर रिश्ते वालों को भी लावारिस दामाद कम पसंद था, सो वे स्वयं भी उसे रिजेक्ट कर देते थे। हल यह

निकला कि भोलू का रिश्ता ले लिया जाए, उसके मामा को बाद में देखा जाएगा। बाद में भी इस बात पर मुनस्सर था कि इस ओर कोई रुचि लेता है कि नहीं)। झुम्मन भगत जी बन ही चुका था।

भोलू की शादी हुई। झुम्मन-रम्मन ने भात भरा। भात का खर्च नोट कर लिया गया था, जिसे बाद में दोनों भाइयों द्वारा चुका दिया जाना तय था।

घर में नयी बहू आ गयी। भगत जी का खेत में ही पड़े रहना और भी मुनासिब हो गया। इधर रम्मन भी रात को छत पर सितारों के नीचे पड़ा- पड़ा न जाने क्या-क्या कल्पनाएँ करता रहता। भोलू की पत्नी उससे घूँघट करती थी। मामा होने के नाते रम्मने को भी लिहाज बरतना पड़ता था। फिर भी कभी-कभी उसकी इच्छा होती कि दुल्हन का मुँह देखे। बिर्जो बहन की ताकीद थी कि वह खाँसकर घर में घुसे। रम्मन को अभ्यास न था, वह बिना खाँसे घर में चला आता।

भोलू की पत्नी को रम्मन अखरने लगा। वह सोचती, बड़ा नकारा आदमी है, हँसी-ठट्ठे के नेग का भी नहीं और ऊपर से मलंग सेर-भर खाने वाला। उसने भोलू तक शिकायत पहुँचाई। भोलू ने आव देखा न ताव, एक लट्ठ खाट पर बैठे रम्मन मामा के सिर पर जमा दिया। तगड़ा था, रम्मन झेल गया और भोलू को उठाकर गेंद की तरह दो बार उछाल भी दिया। लट्ठ तक के झगड़े को तो बिर्जो बहन बर्दाश्त कर गई, मगर बाकी न सुहाया उसे। उसने शोर मचा दिया कि रम्मन तो यम का दूत है। खाता है, गुर्राता है, न काम का, न काज का। झुम्मन भी चूँकि वहीं था, उसे देख बिर्जो ने यह भी जोड़ दिया कि झुम्मन भी तो इसी गुण्डे का भाई है, जो इज्जत और आबरू का कितना ख्याल रखता है, आज तक 'अलिफ से बे' नहीं बोला। इतना सुन, भगत जी चाहते हुए भी, बिना 'अलिफ' भी कहे खेत चला गया। गाँव के लोग इकट्ठा हो गये थे। वे विश्वस्त थे कि आपसी झगड़ा है। वे ताक में थे कि कब वे गुत्थम-गुत्था हों, ताकि वे छुड़ाने के बहाने एक के बाद दूसरे को पकड़कर पिटवाएँ और पूरे परिदृश्य का मजा लें।

मस्त रम्मन को उस दिन पहली बार दहाड़ मारकर रोते देखा गया। बिर्जो बहन कहे जा रही थी कि वह बड़ा मक्कार है। वही जानती है कि वह कैसे रख रही है उसे। 'औरत' और 'आचरण' को लेकर रम्मन के साथ यह पहला झगड़ा था, जिस पर रम्मन को बेहद दुःख हुआ था। वह समझ नहीं पा रहा था कि उसका खोट क्या है। उसके मानो घुटने टूट गये थे, जमीन पर बैठ गया था वह, मुँह घुटनों में देकर।

उधर झुम्मन भी खेत में खटिया पर पड़ा आसमान की ओर एकटक देख रहा था। उसके सामने माँ की सूरत उभर आई थी। ज्यों ही भगत जी को लगा कि उसकी आँखों से कुछ बहने वाला है, वह उठ बैठा, और धोती के पल्लू से आँखें पोंछते हुए स्वयं को समझाने लगा कि पगले, इतना बड़ा होकर रोते नहीं हैं।

तत्पश्चात् झुम्मन उठकर हनुमान चालीसा की टूटी-फूटी पंक्तियाँ दोहराने लगा था। झुम्मन ने सब हालात देख-भाल कर वाकई स्वयं को भगत जी बना लिया था। यद्यपि उसका मन कभी-कभी निराशा, कुण्ठा और अंधकार से भर उठता था। कभी-कभी विभिन्न रागात्मक अनुभूतियों से भी विचलित हो उठता था वह। ऐसे में वह झुग्गी में ही बनाए गये छोटे-से मंदिर में रखी पुरानी-सी देवमूर्ति के समक्ष आंख मींच कर करबद्ध हो बैठ जाता था। उसे सुकून-सा मिलता था।

रम्मन झगड़े वाली रात सोया नहीं। लगातार न जाने क्या-क्या सोचता रहा। पूरे सोच का निष्कर्ष यह था कि वह अगले दिन सूर्योदय से पूर्व ही गायब हो गया। बिना कुछ खाए-पिये। पुराने धोती-कुर्ता ही पहने हुए। भोलू की शादी में सिलाए नये धोती-कुर्ता खूँटी पर ही लटके छोड़ गया। जूते तो उसके पास थे ही नहीं। बिर्जो कह रही थी–'लो, ये फल दिया है माँ-जाए भाई ने, बहन को बदनाम करवाने पर तुला है वह तो। भलाई का जमाना न रहा। पाल-पोस कर इत्ता बड़ा सांड़ किया, पर मिला क्या ?... '

यूँ बिर्जो को रम्मन के भाग जाने का खास गम न था। 'कौन-सा लड़की है जो बट्टा लगेगा। देख लेना, फिर लौट आएगा। बाहर कौन-सी

बहनें बैठी हैं जो बैठाकर मेरी तरह खिला देंगी।'

बिर्जो को एक दुविधा अवश्य हो गई थी–रम्मन से जो सुविधाएँ उसे मिली थीं, रम्मन मुआ उन्हें भी साथ ले गया। कालू के बाद उसकी चार बहने हुई थीं जिनका पूरा जिम्मा रम्मन पर ही तो था। इसके अतिरिक्त झुम्मन के साथ खेत-क्वार में वही हाथ बटाता था। डांगर-ढोर भी उसी के जिम्मे थे। इसलिए जब भी घर में कुछ बात होती, बिर्जो किस्मत को कोसने लगती–'मेरे तो भाग में ही बदा लिखी है। चैन कहाँ मेरे भाग में ?··· खा-पीकर मुस्टण्डे होकर सुख देने के वक्त सब भाग खड़े होते हैं।'

फिर भी बिर्जो को एक वजह से अतिरिक्त संतोष भी था अच्छा हुआ, एक का तो रोग खुद-ब-खुद कट गया।

बिर्जो को अचानक एक नई दुश्चिंता ने आ घेरा। ऐसा न हो कि रम्मन अपने गाँव जाकर वहाँ अपनी जमीन खुद बोने-जोतने लग जाए। यहाँ पले, और मालिक बन ऐश वहाँ करे, यह ठीक नहीं, वहाँ की जमीन से बिर्जो को अच्छी-खासी आमदनी थी।

बिर्जो सरजू दादा को झटपट घसीटकर अपने मायके ले गई। रम्मन वहाँ नहीं था। दस-बारह दिन बिर्जो वहाँ रुकी और औने-पौने दामों में सारी जमीन गिरवी रखकर वह पैसे ले आई। वह तो जमीन को बेच ही देना चाहती थी पर पटवारी ने बताया था कि सभी हकीकियों की सहमति आवश्यक है।

बिर्जो ने वापस आकर दो एकड़ जमीन और खरीदी। घर भी पक्का करवाया। भगत जी को भी झुग्गी की जगह पक्की कोठरी बनाकर दे दी। अब भी भगतजी खुश न हों तो क्या बिर्जो की जान लेगा।

'रम्मन को आने दो। देखती हूँ कैसे पैर रखता है यहाँ, पैर काट लूँगी···।' बिर्जो के उद्‌गार थे–जो कि उसके दोष-बोध से प्रेरित थे। वह मुकम्मिल कर देना चाहती थी कि रम्मन एक निकम्मा व करम–गिरा आदमी है। जिससे बिर्जो बहुत दुःखी है, बिर्जो ने उसके लिए बहुत-कुछ किया है, रहता तो और भी कर देती, पर उसी की गलतियों ने उसके सब हक खत्म कर दिये हैं।

ऐसा नहीं है कि रम्मन कभी लौट कर न आया हो। आया था वह, काफी बाद में। और उसके बाद तो प्रायः आता रहता था। मगर महज फक्कड़ के रूप में। यहाँ 'फक्कड़' का अर्थ यह नहीं कि उसे कोई दिव्य ज्ञान प्राप्त हो गया था या वह कोई पहुँचा हुआ साधु हो गया था। वह फक्कड़ मात्र इस अर्थ में था कि उसे किसी से कोई सरोकार न रह गया था। रिश्ते-नातों, भाव-जजबात आदि से वह निर्लिप्त-सा हो गया था। एक परिचय का रिश्ता था, जिसे वह भुला न पाया था। इसीलिए बिर्जो की ससुराल में चला आता था। बिर्जो से भी वह ऐसे ही मिलता था जैसे अन्य गाँव वालों से। लोग उसे विशेष रहम-भरी दृष्टि से देखने लग गए थे। वे उसे खाने-पीने को दे देते। वह बिना किसी जात-पात की परवाह किये खा-पी लेता। इस पर बिर्जो उसे कोसती। वह मुस्करा भर देता। वह सबके साथ हँसी-ठट्ठे के साथ पेश आता। उसका कोई बुरा मानता तो भी उसे कोई फर्क न पड़ता था।

बिर्जो के सब लड़के-लड़कियाँ ब्याह-बच्चों वाले हो गए थे। एक दिन ठट्ठे के मूड में आकर रम्मन ने बिर्जो के संग ठिठोली भी की—'बहन बिर्जो, तूने अपने आधा दर्जन बच्चों के शादी-ब्याह किये, हम दोनों भाइयों में से भी किसी एक को तो ब्याह-सगा कर मुँह-माथा फूँक देती।' मजाक की शैली में कही गई इस गहरी बात को बिर्जो ने फूँक में उड़ा दिया था—'तू तो रहेगा लुच्चा ही। अरे, अपने बड़े भाई भगत जी को देख, कभी भी ऐसी गंदी बात मुँह से निकाली हो। सारा गाँव उसे भगत जी-भगत जी कहता नहीं थकता। और फिर तूने कौन-सा भात भर दिया अपने भानजे-भानजियों का ? ··· तीज-त्यौहार की भेली-भेंट तो दूर, कभी बिर्जो बहन के हाथ पर रखा है एक टका भी ? ··· नरक में जायेगा, देख लेना।'

बहन की ससुराल में कुछ दिन रुककर रम्मन महीनों कहाँ गायब हो जाता था किसी को नहीं मालूम। इत्तफाक से वह उस दिन बहन के यहाँ ही था जब उसके जीजा यानि सरजू दादा अन्तिम साँस ले रहे थे। जीजा की मौत पर रम्मन को वाकई विचलित होते देखा गया। उसकी बूढ़ी और मटमैली आँखों से आँसू बहकर, उसकी धूल-भरी सफेद दाढ़ी में बिखर

गए थे। पर बोला कुछ भी न था वह। तेरहवीं तक रम्मन वहाँ रुका।

जीजा की मौत के बाद न जाने क्यों रम्मन का आना-जाना और भी कम हो गया। कई बार पता लगता कि रम्मन आया था, और फलां मुहल्ले में रुक कर चला गया। बाद में लोगों के दिल में यह धारणा पैदा हो गई थी कि बूढ़े रम्मन की सेवा-पानी करने से पुण्य का फल मिलेगा।

रम्मन का मन मान-अपमान के भाव से बेदखल हो गया था। वह न तो किसी की प्रशंसा करता देखा गया और न निंदा। लोग कहते कि रम्मन तो पाषाण है, जिस पर कोई छाप नहीं पड़ती।

एक बार जब रम्मन आया तो उसे पता लगा कि खेत में एक विषैले सांप के काट लेने पर भगत जी की मौत हो गई है और तेरहवीं वगैरह भी हो चुकी है।

रम्मन कुछ न बोला था। बस आकाश की ओर एकटक देखता रहा था कुछ पल। दो मोटे-से जल-बिन्दु उसकी मोतियाबिंद वाली आँखों से ढुलके थे। बाकी आँसुओं को उसने नाक सिरोड़कर व होंठ दाँतों में भींचकर बहने से रोकना चाहा था। जब वे न रुके तो वह उठकर चल दिया था, बहन के पास। उसने सोचा था, बहन दुखी होगी, वह उसके गले लगकर खूब रोएगा।

बाहें फैलाए रम्मन बिर्जो की ओर बढ़ा था। बिर्जो बुढ़िया गुस्सैल बैल की तरह फुँफकारी–'चला जा यहाँ से। करम जले, तेरे कुकर्मों के कारण, देख रहा है कितनी तबाही हो रही है ? हमारे पितरों ने आज तक किसी को नहीं काटा था। लेकिन बुरे तो किये तूने और भुगता बेचारे भगत जी ने…।'

'री, बहन…।' रम्मन ने कहना चाहा।

'चला जा वहीं, जहाँ का जूठा खा-खा कर धरम-करम बिगाड़ रहा है…।'

रम्मन ने एक लम्बी साँस ली। बोला कुछ नहीं वह।

रम्मन उठकर गाँव के बाहर चला आया। उसने रुककर गाँव पर एक गहरी और व्यापक दृष्टि डाली। फिर उस दिशा में कदम बढ़ा दिये,

जिधर छिपते-छिपते सूरज आसमान में अपनी लाल चुनर छोड़ गया था।

अँधेरा होते-होते रम्मन दूर निकल चुका था।

रम्मन को उस दिन के बाद किसी ने नहीं देखा। कोई कहता कि उसने रम्मन को हरिद्वार पर धूनी रमाए देखा है, कोई कहता उसे रेलवे स्टेशन पर भीख माँगते देखा है, कोई यह भी कह रहा था कि रम्मन की शक्ल का एक बूढ़ा आदमी जी. टी. रोड पर ट्रक से कुचला पड़ा था। आलम यह कि रम्मन की अफवाहें थीं और हैं, पर उसका इन्तजार करने वाला न कोई था, न है।

… अब जब बिर्जो दादी के मरने का समाचार सुना तो यकीन नहीं हुआ—बहुत भारी पाषाण थी बिर्जो, उसे हिलाना इतना आसान कहाँ था!

प्रैक्टिकल

ऐसा नहीं कि महेश हर नेकी करके उसे भूलता गया था। उसके मस्तिष्क में स्मृतियाँ शिलावशेषों की तरह सुरक्षित थीं।··· और आज विनीता के अप्रत्याशित व्यवहार ने उन्हीं स्मृतियों को कुरेद दिया था। बीते हुए दिन महेश के समक्ष तैर गये थे, विभिन्न दृश्य बनकर–

प्रथम दृश्य

'अभी से क्यों आ गए ?' गुस्से में भरी पत्नी ने द्वार खोला था–'रात के दस ही तो बजे हैं ! बसें तो ग्यारह-बारह तक भी मिल जातीं। नहीं तो सारी रात बिता आते उस चुड़ैल के संग···।'

'देखो, सुमन···।' महेश ने आवेश को शांत शब्दों में बहा देने का प्रयास किया।

'मैं तो देख ही रही हूँ। अब तो पड़ोसी भी देखने लगे हैं।··· मगर तुमने शरम जो बेच खाई है··· जिसकी उतर गई लोई···।'

महेश अंदर आकर निर्विकार भाव से चुपचाप कपड़े बदलने लगा। प्रतिक्रिया-विहीन पति पर पत्नी पुनः बरसी-'तुम्हारी भी तो पत्नी है, बच्चा है। इनकी परवाह नहीं। उस बदजात के पीछे परोपकारी बने फिरते हो ! उसका खसम बीमार है तो हमारी भी ढेरों समस्याएँ हैं।··· क्या लगती है वह तुम्हारी ? साथ काम करती है तो बराबर की तनख्वाह भी पाती है···।' पत्नी थामे न थम रही थी। महेश चुप था। हाँ, उसके चेहरे पर अनेक भाव अवश्य बन-बिगड़ रहे थे। अपने भावों को इस कदर हवा में उड़ते

देख पत्नी दाँत पीसती हुई पुनः बोली—'कितनी बार कहा है कि वे स्वार्थी लोग हैं। काम निकल जाने पर ठेंगा न दिखा दिया तो कहना। तुम्हें तो जेबों में रखते हैं वे लोग।··· आज तक आखिर क्या मिला है तुम्हें उससे ?'

'सुमन, हद में रहो।' महेश ने मुँह खोला।

'पहले अपनी हदें पहचानो। सब लोग दफ्तर बंद करके पाँच-छह बजे अपने बीवी-बच्चों में होते हैं। और तुम··· ! बहुत सह लिया। आज दस बजे आए हो, कल बारह बजे आओगे, और एक दिन···।'

'एक दिन क्या ?' महेश ने कपड़े बदल लिये थे—'देखो, सुमन, पहले समझो। विनीता को सहयोग देने के पीछे मेरा कोई स्वार्थ नहीं है। उसे ढाँढ़स की जरूरत है। हमारे पैसे भी उसमें मरेंगे नहीं। जरा उसका पति ठीक हो जाए। उसका मददगार भी कोई नहीं है। साल-भर शादी को हुआ है, बेचारी को पति का ही आश्रय बनना पड़ रहा है। रही बात हमारे और उनके संस्कारों की, तो भई, इंसान पहले इंसान है। इसके बाद वह क्या है, मुझे परवाह नहीं।'

'मगर कोई हद भी तो होती है। कल तक आठ बजे आते थे, आज से···।'

'आज उसके पति की स्थिति ज्यादा नाजुक थी, इसीलिए। डाक्टर ने कहा, ऑपरेशन होगा। जिसके लिए खून की आवश्यकता थी। लिहाजा मैंने भी अपना खून···।'

'तुम··· तुम खून देकर आए हो ! खून तक दे सकते हो तुम उसके लिए !' पत्नी क्षोभ में पागल हो गई थी। घायल नागिन-सी फुफकारने लगी थी वह। उसने आगे बढ़कर पति की कमीज पकड़कर चीखना शुरू कर दिया—'बोलो, क्या हक था तुम्हारा, मुझसे पूछे बिना खून देने का···। मैं सोच भी नहीं सकती थी कि तुम वासना में इतने अंधे हो जाओगे !'

महेश का मजबूत हाथ हवा में तीव्रता से पत्नी के गाल तक लहराया।

हतप्रभ पत्नी कमीज छोड़ दूर हट गई। शांत। महेश भी चुप। शून्यता की-सी निस्पंदता। तूफान लौट चुका था। दीवाल घड़ी की टिक्-टिक् स्पष्ट

हो आई थी। पत्नी के फूले हुए नथूने पुनः सामान्य हो गए। वक्ष का आंदोलन शनैः-शनैः मंद हो गया।

महेश मानो टूट कर पास रखी कुर्सी में धँस गया। गर्दन झुकाकर वह भौंहों की बीच की त्वचा को नोंचने लगा था।

चंद पल यथा-स्थिति रही। फिर महेश को पत्नी के कदम अपनी ओर बढ़ते दिखे। वह निश्चल रहा। पत्नी आकर उसके कदमों में बैठ गई। पत्नी ने अपना मुख पति के घुटनों पर रख दिया था। पति के हाथ हिले और पत्नी के केश सहलाने लगे। पत्नी बच्चों की तरह फूट-फूट कर रोने लगी तो पति ने उसके मुँह को अंजलि में ले ऊपर उठाया–'रोते नहीं··· ! पगली, तुमने कैसे समझ लिया कि कई बरस से संग रहा पति पत्नी को छोड़, मात्र चंद समय की परिचिता के साथ चला जाएगा ? और फिर मेरा तो जल्दी ही प्रमोशन होने वाला है। न जाने कहाँ ट्रांसफर हो। जब तक हूँ, उसकी मदद कर रहा हूँ···। देखो, सुमन, सोचो, अगर उसके पति की जगह तुम्हारा पति हो तो···।'

'नहीं', पत्नी का आँखें मलता हाथ तत्काल पति के होठों पर टिक गया। पल्लू से आँखें पोंछती वह पुनः बोली–'न जाने क्या हो गया है मुझे··· तुम्हें पानी तक के लिए न पूछा और गंदा किस्सा ले बैठी। असल में, सुबह से मुन्ने ने परेशान कर रखा है, अब कहीं जाकर सोया है।'

दूसरा दृश्य

'अब कब आओगे ?' मायूस हुई विनीता बोली।

'अरे, रूँआसा होने की क्या बात है,' महेश ने कहा–'ट्रांसफर ही तो हुआ है। कोई कयामत तो नहीं आ गई। 8-10 घण्टे का रास्ता है। 2 दिन की छुट्टी लेकर कभी भी आ सकता हूँ।'

'कौन करेगा मेरे लिए इतना कुछ ?' वह भावुक हो गई थी।

'विनीता, जब खुद की शक्ति चुक जाए तो सब ईश्वर पर छोड़ देना···।' महेश ने कहा–'अच्छा होता यदि मेरे यहाँ रहते आपके पति स्वस्थ

हो जाते। खैर, ईश्वर सब ठीक करेंगे।'

'महेश''' !' विनीता की निगाहें महेश की आँखों में कातर एवं स्नेहिल भाव से झाँकने लगी थीं। 'तुम, हाँ महेश''' तुम बहुत अच्छे हो।'

'रोते नहीं, दोस्त हैं न हम तो।' महेश ने तसल्ली दी और उसे अतिरिक्त भावुकता से उबारा।

अन्तिम दृश्य

'यह क्या, सुमन, तुम रो रही हो !' सिरहाने बैठे महेश ने कहा।

'आँसू बहाने पर तो तुम्हारा ही एकाधिकार है न !' पत्नी अटकते हुए बोली।

'मेरा क्या है, मगर तुम तो बीमार हो। डाक्टर ने बोला है'''।'

'''' कि कैंसर है मुझे। सब पता लग गया है मुझे !'

महेश कुछ न बोल पाया। पत्नी पुनः बोली–'मौत का डर नहीं मुझे, मगर एक ही बार हार्ट अटैक हो जाता तो यूँ तिल-तिलकर न मरना पड़ता'''। मगर, किए का फल तो भुगतना पड़ेगा ही न। विनीता के पति की बीमारी में कितना कोसा था मैंने तुम्हें ! अब सब सामने आ रहा है।'

'नहीं, सुमन, उतना कुछ तो तुम्हारा हक भी था।'

'कुछ भी हो, विनीता से मेरी तरफ से माफी जरूर माँग लेना'''। न जाने क्या बीत रही होगी बेचारी पर। मुई ने खत भी तो नहीं डाला।'' न जाने क्या हाल होगा अब उसके पति का।'

'सब ठीक हो जाएगा। तुम नाहक परेशान न हो,' महेश ने उसे बरजा–'बस तुम शांत रहो।'

''' और अगली सुबह तक सुमन सचमुच शांत हो गई थी। सदा के लिए।

पत्नी की मृत्यु के पश्चात् महेश के साथ था मात्र तीन वर्षीय बेटा, जो माँ के विषय में अनेक हृदय-विदारक सवाल कर बैठता था। महेश इन सवालों के नितांत तथ्यहीन जवाब देने पर मजबूर होता। कई बार अकेला

बैठा, या यूँ ही टहलता हुआ महेश आत्मा-परमात्मा, वेद-पुराण आदि पर गहन विचार करता रहता।

एकाकीपन से ग्रस्त महेश को उसके दर्द को समझ सकने वाले व्यक्ति की आवश्यकता महसूस हुई। इसलिए वह 10 घंटे का सफर तय करके अपने पुराने दफ्तर आ पहुँचा। विनीता से मिलने। अपने तीन वर्षीय बेटे को साथ लेकर।

'ओह, मि. महेश, तुम !' विनीता चहकते हुए मिली थी–'अच्छा, आपका बेटा इतना बड़ा हो गया है !' वह बच्चे में व्यस्त हो गई थी। महेश विनीता के बदले स्वरूप को निहारने लगा। आश्चर्य के साथ। विदाउट स्लीव ब्लाउज, मैचिंग कांजीवरमी साड़ी, ऊँचे फैंसी सैंडिल, होंठ पुते हुए, माथे पर मैचिंग बिंदी, और··· ! महेश देखता रह गया। उसने सोचा, अवश्य ही उसका पति दुरुस्त हो गया है। उसे मानसिक हर्ष हुआ। हल्की आत्मग्लानि भी कि उनकी सहज जिंदगी में वह क्यों हलचल मचाने आ गया है।

'तो पति अब ठीक हैं न ?' महेश ने सहर्ष कहा। 'पति ! उन्हें गुजरे तो कई महीने हो गए··· अरे हाँ, तुम्हारा भी पत्र मिला था कि तुम्हारी वाइफ··· रियली वैरी सैड !' वह ऐसे कह रही थी जैसे बच्चा किताब बाँचता है। बिना भाव-संप्रेषण के।

महेश एक कदम पीछे हट गया था। विनीता के वस्त्रों से आ रही तेज सेंट असह्य थी। चुप था वह। विनीता कलाई घड़ी पर नजर डाल पुनः चहकी–'सॉरी, आज जल्दी में हूँ। फुर्सत आपको भी नहीं होगी, वरना बताती कि वक्त कैसे चुटकियों में गुजरा है।'

महेश ने पपड़ाए होंठ जीभ से गीले करके थूक निगला। विनीता उन्मादिनी-सी बोले जा रही थी–'यदि मुझे मिस्टर विलास न मिलते तो रियली कितना बोर हो जाती ! ··· भई, आप तो ठहरे कवि ! पत्नी की एब्सेंस में भी वक्त काट लोगे, कविताएँ लिख-लिख कर। हम जैसे प्रैक्टिकल लोगों के लिए तो यह सब बड़ा मुश्किल है।' वह हँसी। महेश के चेहरे पर मलाल-सा उतर आया। वह तेज निगाहों से विनीता को इस तरह घूरने

लगा था जैसे वह कोसों दूर खड़ी हो।

विनीता बोले जा रही थी–'बहुत चाहता है मुझे विलास। बिना मेरे बेचैन हो जाता है। पाँच बजे से ही मेरा इंतजार शुरू कर देता है··· आज भी 'नियाज' में डिनर है हमारा। मैं आपको उससे जरूर मिलाती मगर मुझसे इतना लगाव है कि मेरे साथ दूसरे मर्द को देखते ही बिदक जाता है···।' हँसती है विनीता। महेश स्तब्ध होकर अपने होंठ काटने लगता है।

कुछ देर बाद विनीता ने पूछा–'अच्छा, बाइ द वे, वापस कब लौट रहे हैं आप ?'

महेश खासकर ऐसे सवाल के लिए तैयार न था। वह हकला गया–'जाने को तो··· दरअसल मैं तो तुम्हारे ही···।'

'खैर, यदि तुम रुकते तो,' बीच में ही महेश रोक दिया गया था–'आपको विलास से मैं किसी न किसी बहाने मिला ही देती··· मगर हमारी शादी में अवश्य आइएगा।'

महेश ने गहरा निश्वास छोड़ा। विनीता ने जम्हाई ली। उसने पुनः घड़ी पर नजर फेंकी–'उफ ! पन्द्रह मिनट ऊपर हो गए ! चलती हूँ। रूठ गये तो मनाना मुश्किल हो जाएगा।··· ओके, बाय !'

सुगंध बिखेरती, साड़ी के पल्लू को फटकारती बिनीता चली गई थी। बच्चे को उँगली थमाए महेश किंकर्तव्यविमूढ़ बना खड़ा रह गया। चारों ओर अंधेरा व ठंड उतर आए थे।

कृतज्ञता की पीड़ा

मैंने पत्र खोला। पढ़ा। लिखा था–

मित्र,

तुम्हें गए दस दिन हो गए मगर तुम्हारे लिखे दो शब्द भी अब तक न मिले। साथ बिताए चार बरस मत भूलो, मित्र। विश्वास है, अब तुम तत्काल पत्र लिखोगे और हाँ, तुम्हारे पुनः यहीं स्थानान्तरण के लिए मैंने महाप्रबन्धक से बातें कर ली हैं। तुम शीघ्र एक प्रार्थना-पत्र सीधे महाप्रबन्धक के पास भेज दो।

कोई सहयोग हो तो बताना।

तुम्हारा,
इन्द्रकान्त

'कोई सहयोग हो तो बताना' मैने पत्र के इस वाक्य का मनन किया। तभी मेरे हृदय में अनायास भाव उगने लगे–और क्या-क्या करोगे मेरे लिए इन्द्रकान्त ! तुम्हें मित्र कहूँ या शत्रु ? कदाचित् तुम मेरे विचित्र किस्म के शत्रु ही हो। तुमने मेरे ही हृदय पर मेरे ही अधिकार को छीन लिया है। तुमने मुझे वह कृतज्ञता-भार दिया है जिसके तले दबकर मेरा व्यक्तित्व पस्त हो गया है। परन्तु मैं तुम्हें अब और अवसर न दूँगा···।

सोचते-सोचते एक-एक कर मैं उन स्मृति-अध्यायों में खो गया जो गत चार वर्षों में इंद्रकान्त के संसर्ग में रचे गए थे। उस वक्त मैं एक मामूली लिपिक था और रुचि-वश थोड़ा-बहुत लिखता भी था। इंद्रकान्त

वरिष्ठ अधिकारी थे और स्थापित लेखक भी।

प्रथम अध्याय

इन्द्रकान्त का कक्ष। प्रवेश करने से पूर्व ही संकोच के मारे मेरी बगलों में पसीना। और होंठ पपड़ाए।

मैंने हौले से पर्दा हटाया और प्रवेश की अनुमति माँगी।

'आइए, बैठिए। क्षमा करना, ये फाइल निपटा लूँ।' उन्होंने कहा। सहज होने के लिए मुझे भी वक्त चाहिए था। वे सुन्दर लिखावट में फाइल पर बड़े मनोयोग से लिखते रहे। तत्पश्चात् फाइल बंद कर बोले–'हाँ, कहिए। पहले परिचय। फिर सेवा।'

'जी, मैं आपके ही आफिस में क्लर्क हूँ। मेरा नाम सुरेश है। कभी-कभार लिख लेता हूँ।'

'बस यही परिचय पर्याप्त है। क्या अपना लिखा मुझे देखने की अनुमति है ?'

'नहीं, सर, मैं वह··· आज···।' मैं हिचका।

'संकोच नहीं। हम किसलिए हैं ?' उन्होंने हँसकर कहा।

मैंने अपनी कविताएँ उन्हें दे दीं–इस तरह हिचकते हुए जैसे भिड़ों के छत्ते में हाथ डाल रहा हूँ। मैं नहीं चाहता था कि अच्छे पारखी द्वारा मेरी रचनाएँ मेरे सामने पढ़ी जाएँ। लिहाजा मैंने चले जाने की आज्ञा चाही। वे स्थिति भाँप गए थे, बोले–'मैं अभी नहीं पढ़ूँगा। पठनीय चीज़ों को मैं फुर्सत में पढ़ा करता हूँ। बैठिए, चाय आती है।'

चाय के दौरान वे पूर्णतः अनौपचारिक थे। मैं अलबत्ता असहज-सा था।

मेरे मन में इंद्रकान्त के स्नेहिल व्यवहार से कई तरह के विचार उठे। इतने बड़े अफसर और लेखक द्वारा अदने-से क्लर्क को इतना सम्मान और स्नेह ! क्या ऐसे अफसर भी हैं ! ··· नहीं-नहीं, अभी क्या पता ? हो सकता है मुझे पटाकर कोई काम निकालना चाहता हो। संभव है, स्नेह दिखाकर

घर बुला ले और बीवी से कहलवा दे कि बच्चों को घुमाता हुआ बाजार से सब्जी ले आऊँ।··· या फिर हो सकता है मुझे बहुत बड़ा लेखक मानकर सम्मान दिया हो और रचनाएँ पढ़कर बाद में इन्हें अपना व्यवहार बदलना पड़े।

दूसरा अध्याय

'क्या मैं अन्दर आ सकता हूँ' ? मैंने पूछा।

'पूछो मत, हम तो आपके ऋणी हैं, भाई।' इंद्रकांत बोले।

'सर, कैसी बातें करते हैं !'

'अरे, आपकी रचनाओं का ऋण जो मुझ पर है।'

'सर, उनसे तो आप पर कष्ट ही पड़ा है।'

'नहीं, दोस्त, वह तो मेरी रुचि है।'

'कैसी लगीं, सर ?'

'सुरेश, तुम हमारे साहित्यिक मित्र हो। जब साहित्य-चर्चा हो तो 'सर' कहने की आवश्यकता नहीं। खैर, रचनाओं में सुधार की गुंजाइश थी। यूँ तो कविता में अन्य व्यक्ति को सुधार करने का अधिकार नहीं है। परन्तु फिलहाल अधिकार की आवश्यकता ही नहीं पड़ी, कर्त्तव्य मात्र से काम चल गया। हाँ, रचनाओं से अच्छी संभावनाएँ बनती हैं। लिखते रहो। मत सोचो, क्रेडिट मिलता है कि नहीं···।'

चाय आ गई थी। 'चाय लो, बातें तो होती ही रहेंगी।'

'सर, हर बार आप ही पिलाते हैं···।' 'सर' छोड़ना अभी कठिन था मेरे लिए।

'ठीक है, आप भी पिलाइएगा कभी।'

'तो हमारे घर आइएगा आप।'

'एक शर्त पर। पहले तुम आओ। बल्कि आज शाम ही। मुझे फुर्सत भी है।'

अनुवादक फाइल ले आया था। आज्ञा लेकर मैं चला आया।

शाम को मैं उनके घर पहुँचा। वे कुर्ता-पाजामा पहने खुरपी से अपने बगीचे में निराई कर रहे थे। मुझे देखते ही बोले–'आइए, सुरेश, चलो अन्दर बैठते हैं।'

'सर, क्यों न एक और खुरपी मँगा दी जाए। निराई करते-करते बातें भी हो जाएँगी। मुझे तो खुद बागवानी का शौक है।'

'देखो, आप मेहमान हैं। मेहमानों को अपने शौक अपने घर पर ही पूरे करने चाहिए। चलिए, अन्दर।'

हम अन्दर चले गए।

उन्होंने बातें करते-करते न जाने कब मुझे निःशंक और बेझिझक बना लिया। अनौपचारिक परिवेश में 'सर' शब्द न जाने कब घुलकर समाप्त हो गया। उनकी पत्नी चाय देकर चली गई थी। चाय पीकर हम उनकी छोटी-सी मगर सुव्यवस्थित लाइब्रेरी में चले गए। मैंने उनकी लिखी पुस्तकें पढ़ने हेतु लेनी चाही, तो बोले–मेरी पुस्तकें तो तुम जब मरजी हो पढ़ सकते हो। अन्य पुस्तकें ले जाओ। अध्ययन आवश्यक है...।'

चलते समय वे सपत्नीक मुझे दूर तक छोड़ने आए।

घर पहुँचते-पहुँचते मैं अनेक विचारों में उलझा रहा था। सोचा, मेरा और इस नेक इन्सान का कोई मुकाबला नहीं। कितना खुशनसीब हूँ मैं, जो ऐसे काबिल व्यक्ति का संसर्ग मिला। मैं इस पर भार-स्वरूप ही तो हूँ, तो भी यह मुझे सहर्ष झेल रहा है।... परन्तु संभव है कि इस व्यक्ति का साहित्यिक रूप अभी तक उपेक्षित रहा हो, और अनुयायी पालने के शौकीन लोगों की तरह यह भी इसी तरह की भूख रखता हो...।

तीसरा अध्याय

पर्दा उठाया तो देखा कि इंद्रकान्त के साथ कई व्यक्ति बैठे हैं। मैं शिष्टाचार-वश वापस मुड़ने लगा तो उन्होंने पुकारा–'सुरेश, वापस जाने की आवश्यकता नहीं, आइए।'

मैं अन्दर गया। उन्होंने परस्पर सभी का परिचय कराया–ये हैं सुधा

प्रकाशन के स्वामी, श्री उपाध्याय जी, और ये महानुभाव हैं प्रेरणा प्रकाशन समूह के प्रबन्धक।

दो युवक और भी बैठे थे–ये हैं श्री भारद्वाज जी और ये आर्य साहब, दोनों तुम्हारी तरह साहित्यिक रुचि रखते हैं।

'ये हैं सुरेश,' मेरा परिचय कराया गया–'मेरे मित्र और अच्छे साहित्यिक।'

औपचारिक परिचय के पश्चात् उन्होंने मुझसे कहा–'सुरेश, तुम्हारी रचनाओं का संग्रह सुधा प्रकाशन में भेज दिया है, और प्रूफ रीडिंग का जिम्मा मैंने स्वयं ले लिया है। शेष बातें तुम उपाध्याय जी से खुद तय कर लो।'

'शेष भी आप ही तय कर लीजिए', मैंने कहा–'हाँ, प्रूफ रीडिंग का कार्य आपकी व्यस्तता में मुनासिब हो सकेगा ?'

'इन्हीं कार्यों के लिए तो व्यस्त हूँ मैं।' वे हँसे।

साहित्यिक और कुछ अन्य चर्चाओं के पश्चात् गोष्ठी समाप्त हुई। मैंने अनुभव किया कि इंद्रकान्त की भलमनसाहत सर्वमान्य है। बहुत अच्छा परिचय-वृत्त है इनका। ऐसे में, मुझ नाचीज को अपनाकर इन्होंने पुरुषोत्तम होने का प्रमाण दिया है।··· लेकिन लगता है कि इस शख़्स का क्षेत्र मात्र साहित्य का है और संभवतः साहित्य के पीछे इतना दीवाना है यह, कि साहित्य से सम्बद्ध मुझ जैसे छोटे-छोटे व्यक्तियों को भी सम्मान देने की विवशता झेलनी पड़ती है। यानि, साहित्य प्रेम तो इसकी रुचि है, स्वार्थ है।

चौथा अध्याय

'क्या बात है, सुरेश, लगता है 'ईद का चांद' का कहावत का उदाहरण बनने के प्रयास में हैं आप !'

'नहीं, कान्त साहब, गत सप्ताह मेरे बड़े भाई को दुर्घटना में गंभीर

चोट आ गई। इसीलिए मैं जरा···।'

'अरे, बताइए अब कैसे हैं वे ?'

'दो बार ऑपरेशन हुआ है, और दो बार खून भी चढ़ा है।··· मेरा तो दिल बैठा जाता है।'

'चिन्ता नहीं, चिन्तन करते हैं, सुरेश। व्यक्ति के पास संतोष करने को उसके प्रयास होते हैं। यदि प्रयासों में चूक रह जाए तो पछतावा और असंतोष वाजिब है। प्रयास कर चुकने पर भी मिशन में सफल न हो सकें तो असंतोष कैसा ? हमारा वश हमारे प्रयासों पर है, प्रयासों के साफल्य पर नहीं।··· खैर, वक्त उपदेश का नहीं, यथाशक्ति कुछ करने का है। ऐसा करते हैं, चलते हैं।'

'कहाँ ?'

'सुधा प्रकाशन से कुछ एडवांस मिल जाएगा। तुम्हें आवश्यकता भी है। यूँ पैसे मेरे पास भी है–अनाथालय वास्ते एकत्र करीब चार हजार हैं··· परन्तु इनका प्रयोग तब, जब वहाँ काम न बनेगा।'

'लेकिन अभी तो मेरा काम चल रहा है।'

'अस्पताल और अदालत में आदमी की नहीं पैसे की औकात है, भाई।'

सुधा प्रकाशन से दो हजार एडवांस लेकर हम अस्पताल गए।

हमें भाई से उनके विशेष कक्ष में मिलने न दिया गया। मैं कक्ष के बाहर बैठे अपने रिश्तेदारों से बातें करने लगा, इंद्रकान्त न जाने कहाँ चले गए।

कुछ देर बाद इंद्रकान्त आए। उन्होंने मुझे एक कार्ड थमाते हुए कहा–'ये कार्ड रखो। इस पर जब आवश्यकता हो तुम्हें रक्त मिल जाएगा।'

'यानि आप रक्तदान करके आए हैं !'

'क्यों ? भई, पाँच महीने से रक्तदान किया ही नहीं था, जबकि हर तीन महीने बाद दान किया जा सकता है, समझे ?··· अच्छा, मैं चलता हूँ, कल भाई का ब्यौरा देना।'

वे चले गए। मैं जड़वत बना कुछ न कह सका।

मैं सोचने लगा कि इस व्यक्ति की महानता के समक्ष इसके कार्यों

की मेरी आलोचना बेमानी और ओछी है।··· लेकिन, कई बार ऐसा होता है कि व्यक्ति को साथ रहते नैतिकता-वश साथ देना पड़ता है, अन्यथा आँख ओझल, पहाड़ ओझल। अस्तु।

भाई साहब अस्पताल से दुरुस्त होकर आ गए।

ऑफिसर ग्रेड में मेरी प्रोन्नति हो गई, और साथ ही स्थानान्तरण भी।

और आज यहाँ इन्द्रकान्त का यह पत्र मिला। इसके उत्तर में मैंने लिखा–

इंद्रकान्त,

तुम इस युग के योग्य नहीं हो। तुम तो सतयुगी आत्मा हो, भाई। और हम कलयुगी। हमें तुम असह्य हो। तुम्हारे व्यक्तित्व के बोझ तले मेरा कलयुगी बोदापन दबकर चीख रहा है। अब मुझे भुलाकर एक और आखिरी बोझ मुझ पर लाद दो तो कृतज्ञ हूँगा।

श्रद्धावत,

सुरेश।

अपने लिखे पत्र को मैंने दो-तीन बार पढ़ा। तत्पश्चात् इसे फाड़कर फेंक दिया। शायद इसलिए कि इंद्रकान्त से किसी भी तरह का संपर्क, चाहे पत्र द्वारा ही सही, मेरे लिए गैरमुनासिब हो चुका था।

परिस्थितियों के पाश

समारोह में रविकांत ने गजल पढ़ी थी और साधना ने गायन व नृत्य किया था।

साधना के विषय में रविकांत ने सुना तो था, परन्तु उसके कृतित्त्व को देखा समारोह में ही था। उसके व्यक्तित्व एवं कृतित्व के समक्ष नतमस्तक हो गया वह।

उसने सुना था, प्रत्येक व्यक्ति के व्यक्तित्व में प्रकृति कहीं न कहीं न्यूनता अवश्य रखती है। रविकांत इसी परिपेक्ष्य में साधना की परीक्षा करता, पर कमी कहीं भी प्रत्यक्ष न होती। प्राकृतिक रूप से बढ़े किसी पूर्ण-यौवना वन-बाला की भाँति साधना के निर्बाध व चारु बदन पर सुगढ़-सुस्थ अंग-प्रत्यंग रविकांत के मन-मस्तिष्क में व्याप गए थे। गौरवपूर्ण व्यक्तित्व पर स्पर्द्धेय कृतित्व को याद कर वह अनायास मन ही मन कह उठा–धन्य हो तुम !

अगले दिन आफिस के दालान से गुजर रहे रविकांत को पीछे से एक महिला-स्वर ने पुकारा–'हैलो' !

रविकांत पीछे मुड़ा। देखा, साधना थी। चूँकि उसके लिए यह अप्रत्याशित था तो 'हैलो' के उत्तर में वह तत्काल कुछ न कह पाया। वह हड़बड़ा गया था। जबकि साधना पूर्णतः सहज थी। सहजता भी उसका गुण था।

'कल आपकी ग़ज़ल बहुत अच्छी लगी', साधना ने कहा।

'ओह, गजल.... मेरी गजल !''' शुक्रिया' वह शब्दों को सही बटोर न पाया।

बात आई-गई हो गई, मगर रविकांत न जाने क्यों सतर्क-सा रहने लगा। साधना के दीखते ही वह परे हट जाता। उसके असह्य व्यक्तित्व को वह छुप-छुप कर निहारता।

एक दिन साधना ने रविकांत को टोक ही दिया–'रविकांत साहिब, बहुत जल्दी में रहते हैं आप ! लिखने में कुछ ज्यादा ही व्यस्त लगते हैं।'

'नहीं-नहीं, ऐसा कुछ नहीं है', रविकांत ने स्वयं को सहेजा।

'एकाध रचना हमें भी पढ़ा दिया करो, ''' यदि चाहो तो !'

'हाँ-हाँ, क्यों नहीं।' रविकांत बोला।

अब रविकांत का मार्ग कुछ आसान हो गया था। सामने आकर जो कहने की हिम्मत वह नहीं कर सकता, उसे वह अपनी रचना में कह सकता था।

पूरे मनोयोग से एक विशेष 'लक्ष्यपूर्ण' ग़ज़ल लिखकर अगले सप्ताह रविकांत ने साधना को दी। और तभी से प्रतिक्रिया की प्रतीक्षा में जुट गया। अनेक आशाओं-आशंकाओं के साथ।

अगले ही दिन साधना आई। उसने रविकांत को उसकी पांडुलिपि थमाई और बिना कुछ कहे चली गई। रविकांत किसी आशंका से काँप उठा।

रविकांत ने यूँ ही जब कागज की तहें खोलीं तो देखा, रचना के शीर्षक के साथ एक छोटे-से फूल की पंखडी करीने से चिपकाई गई है।

रविकांत ने कई कोणों से इसे देखा। उसे विश्वास नहीं हो रहा था। सोने की थैली पाए दरिद्र की तरह किंकर्तव्यविमूढ़ हो गया था वह। उसका मन कुलांचे भरने लगा। उसके हाथ असाधारण गति से काम निपटाने लगे। वह कई बार बाथरूम जाकर आईने में चेहरा निहारकर व बाल सँवार कर आया।

अगले दिन साधना उसे दालान में मिली–'आपकी गजल के बारे में हमारे विचार कैसे लगे ?' वह छूटते ही बोली।

'मेरे अदने-से दिल के नाचीज ख्यालों के लिए खूबसूरत फूल को

विकल करने की क्या आवश्यकता थी ?' रविकांत का मनोबल बुलंद था।

'आपने उसे उखाड़ फेंक तो नहीं दिया ?'

'नहीं, क्यों ?'

'वह पुष्प की पंखुडी नहीं हमारी पलकें है…।'

'उन्हें वहाँ बिछाने की क्या जरूरत थी ?'

'आपके दिल की राह वहीं से तो गुजर रही थी !'

साधना मधुर मुस्कान लिए चली गई, रविकांत उसके स्पष्ट वक्तृत्व व वाकपटुता पर आश्चर्य के साथ देर तक सोचता रहा।

रविकांत साधना को मध्यवर्गीय परिवार की उच्छृंखल लड़की समझता था। मगर ज्यों-ज्यों समय बीतता गया, उसे अपने इस अज्ञानतापूर्ण सोच पर अफसोस हुआ। साधना मिष्ट-भाषिणी, स्वस्थ-प्रज्ञा, पूर्णतः स्पष्ट थी, और व्यर्थ औपचारिकताओं से दूर थी। साहित्यिक समझ व रुचि उसके अतिरिक्त गुण थे। उसने रविकांत को कब व कैसे बेहिचक अपना बना लिया, पता ही न लगा।

समय के बीतते रविकांत व साधना परस्पर आवश्यकता बन गए। उन दोनों की प्रौढ़ समझ किसी भी अनैतिक चेष्टा या भाव की 'एंटीबॉडी' बनने में सहायक बनी। वक्त मिलने पर वे दोनों एकांत में जा बैठते और बेहिचक हो बातें करते रहते। इस तरह, उनकी जीवन-क्रियाएँ किसी अनादि मैदानी मंदाकिनी की नाईं चलती रहतीं।...

… मगर इस नदी में यकायक एक भयंकर मोड़ आया उस दिन से…

उस दिन साधना आफिस आई तो पता लगा उसके एक मात्र भाई के साथ भयंकर दुर्घटना हो गई है।

'साधना, अब कहाँ है भैय्या ? … कैसे हुआ यह सब ?' रविकांत ने उतावला हो कई प्रश्न कर डाले थे।

रविकांत शार्टलीव लेकर तुरन्त अस्पताल पहुँचा। ऑपरेशन के कारण डाक्टर ने उसके भाई से बातें करने से मना कर दिया। उसने उसके भाई को देखा। साधना के समरूप सुन्दर व्यक्तित्व के धनी उसके भैय्या को बेड पर अर्द्धमूर्छा में पड़े देख रविकांत को नियति के प्रति क्षोभ हुआ।

रविकांत से न तो वहाँ रहा गया, न ही हिला गया। उससे कुछ कहा भी न गया।

साधना रविकांत के साथ बाहर मुख्य द्वार तक आई। कुछ कदम चुपचाप चलने के बाद रविकांत को सुबकने की आवाज सुनाई दी। 'तुम रो रही हो, साधना !' रविकांत ने व्यथित होकर कहा। बस क्या था, साधना की तो रूलाई फूट पड़ी–'रवि मैं रोई नहीं, मगर तुम्हारे होते··· न जाने क्यों···।··· अगर भैया को कुछ हो गया तो···।'

ऐसे अवसर पर सांत्वना की जो परम्परागत रीति होती है, रविकांत को वह बेहद नकली नजर आते हुए भी, उसे इस वक्त एक मात्र उसी का साधन करना पड़ा।

कई दिन के बाद साधना आफिस आई।

'भैय्या कैसे हैं ?' रविकांत ने पूछा।

'ऑपरेशन दुबारा हुआ है; खून भी चढ़ा है।'

'और तुम ?' रविकांत क्या पूछना चाहता था, उसे स्वयं इल्म न था।

'अकेली हूँ। माँ-बाप, सगे-संबंधी अस्पताल में पड़े हैं। मेरा एक पैर घर, तो दूसरा अस्पताल रहता है।'

'थोड़ी देर बैठोगी नहीं ? मन बदल जाएगा···।'

'अपना मन बदलने से क्या होता है रवि ? भैया जिस कदर मौत से संघर्ष कर रहे हैं, उसके सामने हमारा गम तो कुछ भी नहीं है ! और फिर, अब तो दुःख ही रास आने लगा है। खुश होने को मन करता ही नहीं।' साधना ने गहरा श्वास लिया और चली गई। संलिप्तता का भाव उसके चेहरे से क्रूर दैव ने छीन लिया था।

दिन, सप्ताह, महीने बीत गए। साधना की माँ वार्धक्य और पिता जी दिल के दौरे की वजह से विवश थे। अतः भाई की निरन्तर बीमारी के दौरान पूरे घर-परिवार को कोल्हू के बैल की भाँति अकेले चलाते रहना साधना की जिन्दगी बन गई। आशा-दुराशाओं के जंगल में चलते उसके कदम कभी दौड़ते, कभी भटकते और लड़खड़ाते। जब पस्त होकर वह घुटनों के जवाब सुनने लगती तो विवशता को ही आशा का तंतु समझ उसे पुनः

कमर कसनी पड़ती।

बाढ़ का जल नहीं देखता कि सामने झोपड़ी है या महल; आग नहीं देखती कि जलने वाली वस्तु कीमती है या कबाड़। वक्त ने भी बिना देखे-समझे साधना के सुकुमार कंधों पर ये विपत्ति डाल दी थी। जो चेहरा अपने द्वन्द्वी को भी प्रिय लगता था, उस पर क्रूर काल ने शोक के चिह्न गोदकर अपनी तानाशाही का परिचय दिया था।

'मेरे योग्य कोई कर्त्तव्य हो तो कहना, साधना।' रविकांत ने इस वाक्य को नितांत औपचारिक व घटिया मानते हुए भी कह ही दिया था।

'अब तो ईश्वर ही कुछ कर सकता है, रविकांत। हजारों का खर्च भी ईश्वर की इच्छा के आगे व्यर्थ साबित हो रहा है। खुदा ही जाने क्या होगा !··· सारा परिवार टूटकर भी पता नहीं किस आशा के कंधों पर साँस ले रहा है।' साधना की आँखें नम हो आई थीं परन्तु स्वयं को समेट-सा लिया था उसने–'और फिर तुम्हें नहीं कहूँगी तो किसे कहूँगी भला।'

रविकांत को साधना से ठीक से बातें किए इस तरह कई महीने हो गये। हँसी-ठट्ठा सब बेमानी हो गए थे। ऐसी-वैसी बातें बकवास लगती थीं। साधना की चपलता और वाचालता अब स्थायी गंभीरता में बदल गए थे। मुख पर अकाल प्रौढ़ता व स्थैर्य उतर आए थे। लगता था, उसका जीना किसी निमित्त मात्र हेतु था, उसकी अपनी रुचि नहीं।

उसके भाई के अनेक बार ऑपरेशन हुए। अनेक यूनिट खून चढ़ा। मगर समूचा रक्त मवाद में बदलता रहा।

साधना के भाई को हार कर एक सस्ते अस्पताल में शिफ्ट कर लिया गया। परन्तु साधना ने रविकांत के सामने इस बात का जिक्र नहीं किया। अतः रविकांत ने शिकायत भरे स्वर में कहा–'साधना, तुम हमें गैर समझने लगी हो। बताया तक नहीं कि भैय्या को दूसरे अस्पताल में···।'

'बताने से होता भी क्या, रविकांत ?'

'दुख बँट जाता है, साधना, जी हल्का हो जाता है।'

'जी हल्का करने की बात तो अब ढोंग और नागवार लगती है।··· मन ने दुःख को स्वीकार ही लिया है···।'

रविकांत ने आफिस के बाद साधना के साथ अस्पताल चलने की पेशकश की तो साधना ने मात्र गर्दन हिला दी।

शाम को वे दोनों दो नदी-छोरों की तरह तरल माध्यम से बँधे, अस्पताल पहुँचे। वहाँ साधना को पुनः ऑपरेशन होने और रक्त चढ़ने की बात बताई गई। उसने कोई प्रतिक्रिया नहीं दिखाई। उसके लिए यह सब सामान्य हो गया था।

रविकांत ने उसके भाई को देखा। वह विश्वास न कर पाया कि यह वही व्यक्ति है जिसे पहले उसने देखा था। वह सोचने लगा कि जब जर्जर व पुराने वस्त्र पर पैबंद नहीं टिक सकता, तो इसके जर्जर शरीर पर ऑपरेशन कैसे किया जाता होगा। मरीज के सिरहाने टेप-रिकार्डर पर उसी के स्वर में टेप किया गाना बज रहा था, जिससे साधना की तरह उसका भी अच्छा गायक होना सिद्ध होता था। परन्तु रविकांत को अब वह रिकार्ड नहीं, अंत समय में परीक्षित को दिया महाभारत का प्रवचन प्रतीत हो रहा था।

थोड़ी देर में नर्स ने साधना को बुलाया और कहा–'सुनो, डाक्टर इस केस को सुलझा नहीं पा रहे हैं, इन्हें यहाँ रखकर व्यर्थ खर्च से कोई लाभ नहीं।'

'अब इस हालत में कहाँ ले जाएँ, सिस्टर ?' साधना ने मायूसी से कहा।

'जो सच है, मैंने बता दिया।'

नर्स चली गई।

वे दोनों बाहर लान पर आकर बैठ गए। मौन ! अंत में रविकांत ने मौनत्व-जनित घुटन को तोड़ा–'साधना, भैय्या को देखकर लगता है कि···।' वह रुक गया। उसे शायद अपनी बात के औचित्य पर शक हो गया था।

'यही न, कि हमें हर संभावना के लिए तैयार रहना चाहिए ?' साधना ने बात पूरी कर दी–'रवि, तुम वेद-पुराण, आत्मा की अमरता आदि के अनेक उद्धरण पेश कर सकते हो। मैं भी जानती हूँ सबको एक दिन मरना है, मैं भी जानती हूँ कि प्रकृति की इच्छा के आगे अन्ततः झुकना ही पड़ता

है…।' साधना दूर आकाश में उभरी लालिमा को एकटक देखने लगी थी–'मगर साथ ही यह भी जानती हूँ कि यदि भैय्या नहीं रहे, तो मैं यदि रहूँगी तो कम से कम वो नहीं जो कभी थी।… ये मेरे वश की बात नहीं, रवि।' फिर उसने आह-सी भरकर कहा–'कितना प्यार था मुझसे भैय्या को!' इतना कह वह गंभीर हो गई। लगता था, गहराई में सोच रही थी। कुछ पल बाद उसने सिर झटका और कहा, 'खैर… !'

वे उठ चले। न स्पर्श का भाव, न स्नेहालाप का।

साधना काफी दिन नहीं आई।

साधना का भाई नहीं रहा था।

तेरहवीं के बाद साधना आई। रविकांत के वेदना-युक्त मन में आया कि उसे हृदय से लगाकर खूब रोए, और साधना के आँसू स्वयं पी जाए।

साधना एकबारगी रविकांत को निहारकर मूक भाव से पास आ खड़ी हो गई। रविकांत समझ न पाया कि किस तरह वह अपने मनोभावों का अहसास उसे कराए और किस तरह उसे पुनः जीने के लिए प्रेरित करे। अन्त में दूभर हो चुकी शून्यता को भरते हुए रविकांत बोला–'साधना, क्या अकेली ही सहोगी ये सब ? तुम्हारे प्रति मेरे लगाव का अधिकार मुझे नहीं मिलेगा ?' रविकांत के उद्‌गारों को न जाने कहाँ से शब्द मिल गए थे-'अपनी वेदना में मेरी संवेदना को भी शामिल करके कृतार्थ कर दो मुझे।… मुझे भी हक दो तुम्हें अपना कहने का।' उसकी आँखें नम हो आई थीं।

रविकांत के होंठ काँपने लगे थे। आगे बोला न गया उससे। कुछ भी।

साधना पाषाण-प्रतिमा-सी निश्चल खड़ी रही।

कुछ देर की यथास्थिति के बाद साधना ने तनिक होंठ खोले–'रवि, न मालूम मुझे क्या हो गया है। मानती हूँ, मरों के साथ मरा नहीं जाता। मानती हूँ धैर्य बड़ी चीज़ है। मगर गत कई महीनों से जिन हालात से मैं गुज़री हूँ उन्होंने मुझे खत्म-सा कर दिया है… हर चीज बेमानी लगती है आज… न जाने क्यों लगता है कि मेरी यही मूल अवस्था भी है–लगता है, इससे इतर अवस्था मुझे अमौलिक बना देगी...

'क्या आपको नहीं लगता रवि, कि वाकई सब-कुछ बेमानी है–हमारी हस्ती··· हमारा पैसा··· हस्पतालों के यंत्र-तंत्र··· परिजनों की दुआएं··· सब-कुछ ?' आपको नहीं लगता कि अगर प्रबल है तो बस प्रकृति··· उसकी निरकुंश परिस्थितियाँ··· ? 'तुम हक माँग रहे हो रवि ! मगर हमारे हक तो परिस्थितियों के पास आरक्षित हैं···।'

साधना ने दो-एक वाक्य और भी बोले। रविकांत को लगा जैसे साधना कोसों दूर से बोल रही है। रविकांत सत्य से भयभीत हो पथरा गया था।

साधना चली गई थी, रविकांत वहीं खड़ा उसके कदमों को देखता रहा था।

उसकी कहानी

यह कहानी नहीं है। कारण, कि मैं उसके बारे में कहानी लायक कुछ जानता ही नहीं। जो जानता हूँ वह मात्र घटनाएँ हैं, जिनके आधार पर उसके चरित्र को स्थापित कर पाना कठिन है। काल्पनिक स्थितियों का निर्माण करना भी फिलहाल मुझे न्यायोचित प्रतीत नहीं होता। ऐसे में, यद्यपि मात्र सिर-पैर ढूँढ़ने वाले निराश ही होंगे, मगर मेरा मानना है कि इस रचना में कहानी-पन न सही, कुछ न कुछ प्रकाश्य अवश्य है। आइए देखें, तो सही।

बात उस दिन से शुरू करता हूँ जब बस की प्रतीक्षा करते-करते मैंने सब नाखून कुतर डाले थे, मगर बस न आई। एक बस अवश्य आयी थी। मगर वह डीलक्स थी। इसमें से एक व्यक्ति को, लगता था, धकेला गया था, क्योंकि वह बड़बड़ा रहा था–'बस खटारा मगर किराया दुगना, हुँह।' मुझे वक्त काटने का अवसर नजर आया। मैंने सहानुभूति के अंदाज में उससे कहा–'माफ करना, आप चेहरे से...'।

'माफ तो किया, मगर चेहरे से क्या ? यही कि भूत जैसा लगता हूँ।' वह बीच में ही झल्लाया। मैं सहम कर अपनी कछुआ खोपड़ी में दुबक गया।

बस आ गयी। वह भी चढ़ गया। बाद में ज्ञात हुआ कि वह कुछ दिनों से हमारी ही कालोनी में रहता था। अब जब भी उससे कुछ पूछना होता, उसके स्वभाव के अनुसार मैं बिना भूमिका के ही पूछना बेहतर

समझता। मसलन, 'आपका नाम ?' एक दिन मैंने पूछा। 'पिरथी' उसने बताया।

पता लगा, पिरथी फर्नीचर का काम करता था। अतः एक दिन एक मेज बनवाने, या इसी बहाने मैं अपने पड़ोसी बाँकेलाल को लेकर उसके मकान पर पहुँचा। द्वार खुला था। शिष्टाचारवश बाँकेलाल बाहर ही रहा। मैं पिरथी के पीछे जाकर ठिठक गया। वह पट्टे का लम्बा कच्छा व मैला-सा जालीदार बनियान पहने बैठा-बैठा कील ठोंक रहा था। साथ में बड़बड़ा रहा था–'मान जा, भई मान जा। फिर मुड़ गयी ! लेकिन कब तक मुड़ेगी। ·· मान जाएगी, या तेल लगाकर ठोंकू ? ··· लो, ठुंक गयी।··· पिरथी अटकलें जानता है, वरना तेल घर-भर में नहीं है ?' पिरथी निरपेक्ष हँसी हँसकर उठा। तोंद ढँकने के लिए बनियान के साथ ज्यादती की और कुर्सी पर ऐसे झुका मानो शीर्षासन करेगा। कच्छा घुटनों तक घेरा डाले था। नाड़ा टाँगों के बीच झूल रहा था। उसके कच्छे को देख मुझे अपने एक मास्टर जी की याद आ गयी। वे पीटने के बड़े शौकीन थे। जब घर आकर वे ऐसा ही कच्छा पहन अपनी छत पर टहलते थे तो हम छिपकर उन्हें 'ओ कच्छे' पुकार कर पिटाई का 'बदला' ले लेते थे। इसी बदले के बदले में वे हमें अगले दिन पुनः पीटते थे। और सिलसिला चलता रहता था।

बहरहाल, मैंने बाँकेलाल को अंदर बुलाकर पिरथी का ध्यान भंग किया, एवं 'बांकेलाल जी को मेज बनवानी है' कहकर मैं बैठ गया। बिना कुछ बोले पिरथी इस कदर कुर्सी में धँस गया, जैसे किसी संगीन मुकदमे की सुनवाई करनी हो। 'हुँ, मेजपोश बनवाना है।' पिरथी ने वाक्य का मनन किया, और कब्ज के मरीज की तरह करवटें बदलने लगा।

'मेजपोश नहीं, मेज।' मैंने सुधार किया।

'मेरे यहाँ सब बनता है, आप कहें क्या बनवाना है।'

'कुछ नहीं', हालात देख बाँकेलाल असहज हो उठे थे–'यूँ ही चले आये थे, सद्भाव-वश।' कहकर बाँकेलाल मुझे खींच बाहर ले आए।

मेज न बनी, मगर हम तीनों में बोल-चाल हो गयी।

एक दिन मैं एक अत्यन्त जरूरी पत्र लिख रहा था। तभी झोंके की

तरह पिरथी आया–'चलिए, तुरन्त।' मैत्री का तकाजा था, मैंने काम छोड़ा और उसके संग हो लिया। ज्यों ही हम सड़क पर आए, वह बोला–'तुम्हें कहाँ जाना है ?'

'तुम्हारे साथ', मैंने जवाब दिया, तो बोला–'नहीं, चलो चलते हैं।'

'कहाँ ?' मैंने पूछा।

'तू अपने घर, मैं अपने।' कहकर वह वापस भाग लिया। मैं वहीं खड़ा उसकी तुगलक बाजी पर माथा पीटता रहा।

एक दिन पिरथी आया। रात के कोई बारह बजे। इससे पूर्व कि वह द्वार तोड़ देता, मैंने आँखें मलते हुए द्वार खोला। 'अरे, आप सो रहे हैं !' वह बोला। 'नहीं तो, रात में सोना कैसा', मैंने गुस्से से कहा, तो वह जिन्न की तरह हँसा। मैंने घबराकर द्वार बंद कर लिया। सुबह मैंने बात की तो बोला उसे कुछ याद नहीं।

एक शाम घूमने निकले। पिरथी बोला–'यार, मेरी तोंद बढ़ती जा रही है। सोचता हूँ, अभी से तली-वली चीजें खाना छोड़ दूँ।' कहते-कहते वह मुझे लल्लू कचौड़ी वाले के पास ले पहुँचा और लल्लू से बोला–'लल्लू भाई, चवन्नी की देना।' फिर मुझसे कहने लगा–आप तो लेंगे नहीं।' मैं 'भौचक्का खड़ा हाँ या ना कुछ न कह सका। जिसका अर्थ ना ही समझा गया। पत्ते को चाटकर पिरथी बोला–'मैंने लाटरी का टिकट खरीदा है। सोचता हूँ, लग जाए तो एक भद्दी-सी औरत से शादी करूँगा।'

'भद्दी-सी क्यों ?' मैंने हैरानी से पूछा।

'तुम सुन्दर हो न, मेरे मित्र भी। ऐसा न हो कि···।'

मैं जरूर हँसता, मगर उसे गंभीर देख चुप रहा। वह पुनः बोला–'लेकिन यार, लगता है, मेरे अंदर कुछ गड़बड़ है। एक शफाखाने का पर्चा पढ़कर तो मेरा वजन आधा रह गया है।' मैंने उसकी तोंद का अवलोकन करते हुए समझाया–'ये फार्मेसी वाले तो मनोवैज्ञानिक रूप से बीमार बनाकर लोगों की जेबें काटते हैं। तुम एकदम फिट हो।'

'मैं बहुत सीरियस हूँ।' उसने दृढ़ होकर कहा। मैंने भी संयम से काम लिया और कहा–'हाँ, यार, तुम वाकई कमजोर हो।'

'हूँ', उसने तनिक सोचा, 'वैसे खास बात भी नहीं है।'

'है क्यों नहीं ?' मैं दृढ़ हो गया–'मैं सीरियस हूँ।'

'डराते हो मुझे ? मैं एकदम फिट हूँ, समझे ?' कहकर वह भाग लिया। मैं सिर खुजलाता रहा।

बाँकेलाल के लड़के की शादी थी। मैंने व पिरथी ने सीधे लड़की वालों के यहाँ पहुँचने का विचार बनाया। लड़की वालों का मुहल्ला कई किलोमीटर दूर था। हमारी नजरें रिक्शे पर गयीं। मगर रिक्शा बुलाने की हिम्मत कोई न कर पा रहा था, क्योंकि यह अघोषित रूप से तय था कि जो भी मोल भाव करेगा वही किराया भी भुगतेगा। हम दोनों मन की लालसा व मजबूरी छिपाए खड़े रहे। तभी रिक्शा वाला स्वयं आ गया–'कहाँ चलना है, साब ?'

'रामपुर मुहल्ला।' हम दोनों के मुँह से एकाएक निकला।

'चार लगेंगे।' रिक्शा वाले ने चार उँगलियाँ दिखाई।

'यार, तू अठन्नी ले लियो।' पिरथी ने करीब-करीब उसके पैर छूकर कहा। इतना कम रेट सुनकर रिक्शा वाला ताबड़तोड़ भागा। हम पैदल चल पड़े।

रामपुर मुहल्ला तो पहुँच गए, मगर लड़की वालों का सही मुकाम मालूम न था। खेर, एक जगह तंबू गड़े थे व खुशबू भी आ रही थी। तथापि मेरा आग्रह था कि पहले पता कर लिया जाए, मगर पिरथी ने कहा कि जो भी हो, फर्क क्या पड़ता है। लिहाजा, हम अंदर गए तो रसगुल्लों व गरमागरम जलेबियों के हमारे सपने वहीं ध्वस्त हो गये जब हमें फर्श पर बैठकर मोटे-मोटे लड्डू खाने पड़े। यूँ इस कष्ट के अंधकार में संतोष की यह रेखा अवश्य दीख रही थी कि यहाँ बाँकेलाल को दहेज में कौड़ी मिलने की भी संभावना नहीं है। मगर मुझे उस वक्त चुल्लू भर पानी याद हो आया जब पता लगा कि हम लड़की वालों के यहाँ नहीं बल्कि एक गरीब कुम्हार के यहाँ पहुँच गए थे, जिसकी माँ की उस दिन तेरहवीं थी। पिरथी अलबत्ता अब भी बिल्कुल सहज था।

एक दिन पिरथी बोला-'यार, सामने वाला दूकानदार सोचता होगा कि हम भी कंजूस हैं कि कुछ खरीदते ही नहीं। चलो, आज कुछ खरीद

लेते हैं।'

दूकान पर पहुँच पिरथी बोला–'सेठ, परांत मिल जाएगी ?' सुनकर दूकानदार हँसा–'अरे साहब, बच्चों की टाफियाँ बेचते हैं हम तो।'

'हुक्का तो होगा ?'

'जनाब, ले भी आएँ तो शहर में कहाँ बिकेगा ?' सेठ पुनः हँसा।

'नहीं, आप लाइएगा, हम खरीदेंगे, देखना।'

शायद नया ग्राहक बनाने के लक्ष्य से सेठ ने हामी भर दी।

हुक्के की बात मैं तो क्यों याद रखता, मगर पिरथी भी भूल गया। कोई दो-तीन सप्ताह बाद जब हम यूँ ही घूमते हुए दूकान के पास से गुजरे तो दूकानदार ने हमें पुकारा, और वह हुक्का निकाल बाहर ले आया–'लीजिए साहब, हुक्का। कई दिन से इंतजार में था। मैं तो घबरा गया था कि अब इसे किसे बेचूँगा।'

'ओह, हुक्का !' पिरथी को मानो पुनर्जन्म की बात याद आई हो। बोला–'मगर, सेठ जी, खुद रखिए, मैं क्या करूँगा... और हाँ, एक टॉफी दे दो, चवन्नी वाली, अठन्नी वाली गला पकड़ती है।'

सुनकर सेठ का खून खौल उठा–'हम बनिया नहीं, जाति के राजपूत हैं जनाब, ये लीजिए, अपना हुक्का।' कहकर उसने पिरथी पर हुक्का फेंक मारा।

'ये क्या ?' पिरथी सकपकाया।

'तेरा सिर।'

'अच्छा-अच्छा, यह बताओ, बुहारी का क्या भाव है।'

'तेरा सिर।'

'हुँ', पिरथी कुछ सोचता, अपना चश्मा सँभालता चला गया। पीछे-पीछे मैं भी।

··· वह हमारी अन्तिम मुलाकात थी। देश में एक बड़े हादसे के बाद कई स्थानों पर अशांति मची हुई थी। चारों ओर शोर बरपा था। कहीं-कहीं धुएँ के बगुले माहौल को और भी संगीन बना रहे थे।

मेरे पास बैठा पिरथी आँखें सिकोड़ कहीं दूर क्षितिज में देख रहा

था।

इतने में लोगों का एक जत्था तूफान की तरह कॉलोनी में घुसा। पिरथी विद्युत की-सी गति से उठा, बोला–'जरूर ये अशांति मचाने वाले लोग हैं। चलो चलते हैं।'

'क्या कर रहे हो, पिरथी ? दूसरों के पचड़े में जोखिम लेना ठीक नहीं,' मैंने बरजा तो वह दहाड़ा–'खबरदार, जो ऐसा कहा।' लगा वह मुझे नोंच खाएगा।

कुछ देर हमारे बीच मौन रहा। फिर पिरथी ने तनिक संयत होकर कहा–'दोस्त···।'

उसने पहली बार इतनी शिद्दत के साथ मुझे 'दोस्त' कहा था। बोला–'मैं अजीबो-गरीब लगता हूँ न··· मैं हूँ भी··· मगर यहाँ तो सब मुझसे भी ज्यादा अजीबो–गरीब हैं।'

पिरथी ने वाक्य पूरा नहीं किया। मैं उसके शब्दों का इंतजार करता रहा। खड़ा-खड़ा, पत्थर-सा। पिरथी जा चुका था।

उसके बाद की कहानी मुझे नहीं मालूम। बताया न कि वह हमारी अंतिम मुलाकात थी।

करमू करमजला

कर्मचंद उर्फ करमू भी साथ आ गया था यहाँ। दुल्हन बनकर आई अपनी दो बड़ी बहनों के संग, दहेज-सा। उस वक्त वह मात्र नौ बरस का था।

इस घर में मात्र तीन प्राणी थे–करमू के दो जीजा, एवं उसके मौसा जी। छोटी बहन ज़रा छोटी थी, अतः तीसरे रोज ही लौटा ले जाई गई, ताकि दो-चार बरस मैके में ही रहे। करमू को बड़ी बहन ने रोक लिया, अपनी मदद वास्ते।

बड़ी बहन ने तुरन्त सब जिम्मेदारी सँभाल ली। मर्दों के घर में अकेली औरत को मानो जागीर हाथ लग गई। व्यवहार में रुआब आ गया। दिन में दो-चार बड़े-बड़े काम निपटाती, रात को टीकी-बिंदी कर पति के संग अलग कमरे में सो जाती। करमू मौसा के साथ बैठक में सोता। बैठक में मर्द-लोग हुक्के पर जमे होते। करमू हुक्के भर-भर लाता रहता। देर रात जब सब चले जाते, मौसा हाँक लगाता–'ले भई करमू, आखिरी चिलम भर ले, फिर सोयेंगे।' करमू ऊँघता हुआ चिलम भर लाता।

सुबह करमू को जल्दी उठना होता। उठकर जोहड़ में भैंस को पानी पिलाकर लाता। फिर दरांती लेकर चारा काटने खेत में चल देता। लौटता, स्कूल का वक्त हो जाता। अन्त में बिना नहाये, एकाध बासी रोटी मट्ठे के साथ निगलकर स्कूल भाग जाता। स्कूल में पायः ऊँघता रहता।

स्कूल से लौटते ही बहन प्रतीक्षा करती मिलती–'रोटी बाद में, जा, भैंस को जोहड़ में नहला-पिला ला।'

सब काम निपटाकर वह खाना खाता। तत्पश्चात् कामों का वही दौर– मसलन, जीजा के सिर व तलुओं में मालिश करना, भैंस का थान साफ करना, दुहने से पूर्व उसे पौसाना; आदि। दिन ढल जाता। फिर वही हुक्कों का दौर। पढ़ने बैठता तो आवाज आती–'करमू, अरे चिलम भर न।' उसने एक बार अपनी पढ़ाई का वास्ता भी दिया था, परन्तु उसके जीजा ने उसे घण्टा भर झिड़का था–'ज्यादा हर दयाल न बन। नंदू के छोरे को देखा है न, चिलम भर-भर कर आज पटवारी बना बैठा है। हमने भी हुक्कों के ही बीच पूरी चार जमात पूरी कर ली थी। तीसरी की भी कोई पढ़ाई है ?' सुनकर करमू को स्वयं से बड़ी वितृष्णा हुई थी कि वह कितना निकम्मा है जो हुक्कों और पढ़ाई में ताल नहीं बैठा पा रहा, दिन पर दिन फिसड्डी होता जा रहा है।

बड़ी बहन ज्यादा ही सुविधा-जीवी होती गई। दिन पर दिन निखरती भी जा रही थी, सो जीजा की खूब चहेती थी। काम सभी एक-एक कर करमू के कंधों पर आ गये। वह जिस काम को भी छू देता, वह सदा के लिए उसी के पल्ले बँध जाता। स्थिति यह हो गई कि बड़ी बहन मात्र रोटी-चौके व पति के साथ सोने तक सीमित रह गई। उधर करमू रोज स्कूल में मार खाता हुआ अन्त में फेल हो गया। घर में गोष्ठी हुई। पाया कि करमू निकम्मा व नालायक होता जा रहा है। फतवा दिया गया कि जब पढ़ाई में चल नहीं पा रहा है तो स्कूल में वक्त क्यों बरबाद कराया जाये।

स्कूल से करमू को उठा लिया गया। इसके एवज में एक और अदद काम उसे सौंप दिया गया। उसे एक नवजात भानजा पकड़ा दिया गया, जिसे गोद लेना, उसका मनोरंजन करना एवं उसका नाक साफ बनाये रखना था। करमू को सुकून-सा मिला कि चलो, मेहनत एक ही जगह करनी पड़ेगी, स्कूल से पिंड छूटा। पढ़ाई की महत्ता से वह वाकिफ न था। कल्पनाएँ सीमित थीं। भविष्य समझ से परे था।

सवा डेढ़ बरस बाद एक और भानजा करमू को पकड़ा दिया गया। अब पहला उँगली थामता, छोटा गोद में विराजता। बाकी काम सब थे ही।

करमू बारह का हुआ होगा। उसका छोटा जीजा उसकी छोटी बहन को भी ले आया। करमू की खुशी का अंत न था। वह दिखाना चाहता था कि उसका इस घर में खास रुतबा है।

करमू ने देखा, छोटी बहन तीन बरस में ही बहुत सभ्य और सुन्दर हो गई है। बहन के कपड़ों में उसे विशेष महक आती। जी करता, वह उसके पास ही बैठा रहे।

बड़ी बहन पटरानियों की तरह जवाब-तलबी में मशगूल रहती थी। उसमें करमू की रुचि भी फिल वक्त न थी। वह तो छोटी के बारे में उत्सुक था। सोचता, क्या ये वही बहन है, जिसके संग पहले खेला करता था। कितनी कमजोर थी और भौंडी-सी भी। माँ-बाप जब इसकी शादी की बात चलाते थे तो वह मन ही मन नाक-भौं सिकोड़ा करता–'हुँ, ये भी क्या दुल्हन बनेगी!' अब तो वह उसे देखता रह गया–माथे पर बिंदी, नाक में बेसरी, गले में कंठी, हाथों में चूड़ियाँ, पाँवों में छम्-छम्। हँसली की उभरी हड्डियाँ गुदगुदे मांस में दब गई थीं। गले के नीचे भी काफी बदल गई थी वह। करमू को उसके प्रति खास रुचि, स्नेह व जिज्ञासा हो आई थी। ऐसे में उससे एकाध काम छूट जाता। बड़ी बहन क्रुद्ध होती। वह आँखें तरेरती। कभी-कभी अपनी ही किस्मत को कोसती। करमू को दुःख होता, आत्मग्लानि भी।

करमू की आवाज भारी-सी हो गई थी और होंठों के ऊपर रोएं आ गये थे। गोया, वह बच्चों की तरह स्नेह के काबिल न रह गया था। शुरू-शुरू में उसके दोनों जीजा उससे कितना स्नेह करते थे।

उमर के साथ करमू गंभीर भी होता गया। वह अपने काम से काम रखने लगा था। उधर बड़ी बहन छोटी से चिढ़ने लगी थी। मन ही मन। न जाने क्यों। एकाध बार पति को उसने छोटी के साथ ठिठोली करते हुए भी देखा था। तीन-चार बरस से वह खुला खा रही थी, और चैन से सो रही थी। अब लगा, उसकी स्वतंत्र चेष्टाओं में कहीं खलल है। इस 'खलल' को अभिव्यक्त करना बड़ा दुष्कर था। अन्ततः उसकी नजरें करमू पर गईं। करमू को वह अपनी हाथ-बँटाई के लिए लाई थी। उसके तन-मन

पर मात्र उसी का हक है। छोटी को क्या हक है कि करमू पर हुक्म चलाये। करमू को क्या इख्तियार है कि बिना पूछे वह छोटी से इस कदर चिपटा रहे।

बड़ी छोटी पर भी अपना रौब बदस्तूर बनाये रखना चाहती थी। वह जब-तब उसे हिदायतें देती–'सिर पर पल्लू ठीक रख। ये बड़े गले का जम्पर क्यों पहना है ? जेठ के सामने नजरें रखने का सलीका सीख...।' बाद में वह देवर को भी इत्तला फरमाती कि किस तरह वह छोटी को सलीका सिखा रही है, वरना जीजा-सालियों के तो पूरे किस्से के किस्से हैं। छोटा बेअसर मुस्करा- भर देता।

उधर छोटी के खेलने-खाने के दिन थे। ज्यादा खलल वह भी पसन्द न करती थी। सो तनाव दोनों ओर से था। कुल मिलाकर पूरे घर में शीतयुद्ध का-सा आलम बरपा था। बाद में शीतयुद्ध परम्परागत गृह-कलह में बदल गया। एक-दो बार भाइयों में नोंक-झोंक हुई। बाद में नोंक-झोंक बवाल बन गई। बहन ने बहन को ताने दिये। भाई ने भाई के लिए जुबान व हाथों का प्रयोग किया। बात वश के बाहर हो गई तो बापू ने परिवार के दो भाग कर दिए। सामान बँट गया। चूल्हे दो हो गये। बापू ने छोटे के घर खाना खाकर संकेत दे दिया कि वह छोटे के घर में रहेगा। करमू की समझ में ही किस्सा न आया। गृह-क्लेश का मलाल मन में लिये वह बदस्तूर भानजों को खिलाता रहा।

शाम को छोटी ने करमू से बाजार से भाजी मँगवाई। बाजार से लौटा तो लगे हाथ छोटी ने उसको खाना परोस दिया। वह खाने बैठा तो बड़ी ने आवाज लगाई–'करमू !' करमू बाहर आया। उसके मुँह में एक कौर व गुड़ का टुकड़ा था। गुड़ खाते करमू को देख बड़ी ने मानो मिर्च खा ली–'तेरे पैर काट लूँगी, अब कभी दहलीज चढ़ा तो।' करमू कुछ करता या कहता, छोटी ने बाहर आकर हाथ चलाते हुए चिल्लाना शुरू कर दिया–'अगले ने तेरी औलाद और काम तले हाड़ तुड़वा लिए, अब भी सब्र नहीं ?'

'तो क्या सेर-भर खाता न था।' बड़ी ने बढ़कर लोहा लिया।

'तो क्या भूखा मरता, शरम कर।'

'शरम तू कर, जो बाप बराबर जेठ के आगे भी मुँह पसार कर चलती है।'

'मैं तो साली हूँ उसकी, तू जल ले।'

'तो खसम बना ले उसे।'

'तेरी तरह चुड़ैल नहीं हूँ मैं।'

'हाँ-हाँ, मैं तो चुड़ैल हूँ न··· ते· खसम के साथ लेटती हूँ··· कमीनी···।'

बड़ी बहन आक्रामक हो चली थी। करमू ने ऐसी बेढब व गंदी बहस सुनी न थी। उसे लगा, सारे रोग की जड़ वही है। बड़ी को तांडव करते देख वह घबरा गया। सोचा, छोटी की तो कोई बात नहीं, मगर बड़ी यूँ ही बिगड़ी रही तो विध्वंस कर देगी। उसने अपने कदम बढ़ाये और बड़ी के कमरे में घुस गया। पीछे से छोटी ने अपने किवाड़ जोर से भेड़ते हुए क्रोध में कहा–'जा तू भी··· कुत्ता है कुत्ता !'

उस रात करमू खाट पर निढ़ाल होकर पड़ा रहा, मानों उसके घुटनों का सत्त्व निकाल लिया गया हो। बड़ी बहन देर रात तक बड़बड़ाती और अपनी किस्मत को कोसती रही। करमू सोचता रहा कि बेहतर हो, बहन मातम करने के बजाय उसे ही पीटकर शांत हो जाये।

बहन सो गई, मगर करमू को नींद न आई। वह साँस रोके न जाने क्या-क्या सोचता रहा। कभी वह ख्वाब देखता कि वह बहुत रईस हो गया है। दोनों बहनों के लिए उसने अलग-अलग सुन्दर भवन बनवा दिये हैं। एवज में बहनें उसकी बलैया ले रही हैं। कभी उसे अपने गाँव में बिताए दिन याद आते, जब वह पढ़ाई के साथ-साथ खेलकूद में भी अपने हम-उमरों में अव्वल था।

आखिर कोई आधी रात, जब सारा गाँव निस्तब्ध हो सो गया तथा कुत्तों की रुलाई स्पष्ट हो गई, करमू को नींद आ गई।

कुछ देर बाद करमू नींद में एकाएक चिल्ला उठा। 'क्या हो गया रे ?' इतना कह, और आश्वस्त होकर कि करमू जाग गया है, बहन पुनः

सो गई। करमू उठ बैठा था। पसीने में तर-बतर। उसने सपना देखा था। देखा था कि दो भयंकर राक्षस परस्पर लड़ रहे हैं और वह उनके पैरों तले रौंदा जा रहा है।

करमू लेट गया, मगर नींद न आई उसे।

भोर हुई। भैंस खोलकर करमू रोज की तरह जोहड़ की ओर हो लिया। गर्मी थी। भैंस जोहड़ के बीचोबीच लेटकर अपने नासापुटों को फुफकारती जुगाली करने लगी। करमू भी आज उसे बाहर निकालने की जरूरत न महसूस रहा था। गोया, आज वह अपूर्व रूप से अकर्मण्य हो गया था। वह बुर्जियों के पास स्थित कुएँ की हद पर बैठ गया। कुआँ गत दो बरस से उपेक्षित पड़ा था। दो बरस पहले ससुराल से तंग आकर एक औरत ने इस कुएँ में कूदकर जान दे दी थी। लाश जब निकाली गई तो करमू लोगों के हुजूम में वहीं मौजूद था। उस वक्त उसके मन में दो बातें बैठी थीं—एक, लाश निकालने वाला दीनू झींवर बहुत ताकतवर है। दो, कुएँ में रहने वाली परियों की कहानियाँ सच्ची हैं।

सूरज शिखर पर आ गया। हवा ने साँस साध ली। पीपल के पत्तों की पट्-पट् मात्र में हवा का आभास मौजूद था। दूर-दर तक धूल भरी हवा के बगूले उठ रहे थे। पीपल की छाया कुएँ की परिधि में एक ओर सिकुड़ गई थी। करमू के रोएँ निकल आये। उसे ठंड लग रही थी। वह पुनः धूप में आ गया। धूप अच्छी लगी, मगर कँपकँपी बढ़ती चली गई। सहसा उसे लगा एक औरत कुएँ से निकलकर उसकी तरफ बाहें फैला रही है। उससे बचने के लिए वह कुएँ की परिधि में चक्कर काटने लगा। औरत पीछे लग गई। मुसलसल।

वह और तेज हो गया। उसे अपनी हाँफ स्पष्ट सुनाई देने लगी। कुछ देर यथास्थिति रही। फिर उसे आँखों के आगे तारे-से टूटते नजर आये। फिर पीला-पीला-सा दिखा, वह वहीं गिर पड़ा। जब उसे होश आया तो स्वयं को घर पर चारपाई पर लेटे पाया। खाट के चारों ओर घर व बाहर के अनेक लोग खड़े थे। सन्नो महरी झाड़-फूँक में लगी थी।

करमू का जिस्म आग की तरह तप रहा था। महरी कीं घूमनी में उसका जी घुटा जा रहा था।

उस दिन से करमू पर रोज नये-नये नुस्खे आजमाये जाने लगे–तेज बुखार का नुस्खा, पराई आत्मा के प्रकोप का नुस्खा, मोती झारे का नुस्खा आदि।

कई सप्ताह बीत गये। करमू की मटमैली आँखें स्थिर से स्थिरतर होती गईं।

उसकी खाट बैठक के एक कोने में मुकर्रर कर दी गई। इससे यथा-फुर्सत सबको उसका हालचाल पूछने में सुविधा रहती थी। क्योंकि बैठक साझा थी।

करमू के जीजाओं में उसकी बीमारी को लेकर प्रायः एक ही किस्म का तटस्थ वार्तालाप होता-

'अब भी बुखार है।' माथा छूकर एक कहता।

'हूं, जा ही नहीं रहा।' दूसरा पहले को बिना देखे कहता।

'अच्छे डाक्टर को दिखा ही देना चाहिए।'

'क्या फायदा ? सब नीम हकीम हैं। देहाती बीमारी का इलाज शहरी डाक्टरों के पास कहाँ ?'

'सन्नो महरी भी आई थी।'

'यूँ तो रामदयाल ने भी मन्तर-वन्तर किये थे।'

'नब्जिया वैद मिले तो काम बने···।'

'अब नाड़िया बैद कहाँ।'

'मारकाट तक सब था।··· सब खत्म हो गया। सरपंची राज आ गये। रानियाँ बाँझ हो गईं। राजे-महाराजे वोटों के ढोल में पैदा होने लगे···।'

'सब नकली हो गया।' कहकर अफसोसपूर्ण लम्बा साँस खींचकर वह बाहर चला जाता। दूसरा भी मौका पाकर करमू को 'रो मत, ठीक हो जायेगा' कहकर बाहर चला जाता।

छोटी छोटे से कहती–'बड़ी को शरम नहीं आती। करमू को काम तले निचोड़ लिया। अब इलाज के नाम पर मुँह छिपाये बैठी है।' 'कौन

किसका है, भाई,' छोटा कहता।

बड़ी बड़े को कहती–'सब करने को हम ही रह गये हैं। घर में बड़ा होना भी किसी पाप से कम नहीं।' 'हाँ, भई, समझदार की मौत है।' बड़ा कराह कर कहता।

··· मौत किसी 'समझदार' को नहीं आई। अन्ततः मौत को करमू ने ही वरा।

करमू की निस्पंद आँखों को सब ताक रहे हैं। बहनें विश्वास-अविश्वास की इस जद्दोजहद में हैं कि सामने जो है उनका भाई ही मरा पड़ा है। दोनों जीजा बगलें झाँक रहे हैं–संभवतः तय नहीं कर पा रहे हैं कि अन्तिम संस्कार का हक किसका है।

परिवेश

ऑफिस से आते ही वह कमरे में जाकर बैठ गया। चुपचाप। सुबह पत्नी से हुई अनबन के कारण खराब हुआ उसका मूड अब भी वैसा ही था।

पत्नी आई। यंत्रवत। मेज पर चाय रखी, चली गई। वह और निराश हो गया। कमाल है, बोली भी नहीं ! गँवारपन की भी हद होती है। सुबह दिमाग खराब किया, अब भी ढाक के वही तीन पात। इस गँवार को मालूम होना चाहिए कि पति के मिजाज पर गौर करना अच्छी पत्नी का फर्ज है। ऊपर से ऐसा मुँह बनाए है, जैसे मैं ही सब झगड़ों की जड़ हूँ। ये भी कोई गृहस्थी है ! सारी उम्र काटो इस जाहिल औरत के संग। कुदरत ने न जाने किस दुश्मनी में मेरे ही पल्ले दुःख बाँध दिया है। शराबी और गँवार लोगों की पत्नियाँ भी पति को देव-तुल्य समझती हैं परन्तु ये घमण्डी औरत मुझे देवता तो दूर, पति भी नहीं समझती।

वह टूट-सा गया। कनपटियाँ दर्द करने लगीं। अन्दर ही अन्दर तिलमिला उठा वह मानों पटनाई मिर्च खा ली हो। उसके मन में आया कि तत्काल जाकर एक लठ पत्नी के सिर में जमा दे और चुटिया पकड़कर बताए कि पति के प्रति पत्नी के क्या-क्या फर्ज होते हैं।

चाय पर पपड़ी जम गई थी। उसमें एक मक्खी भी तिलमिला रही थी, जिसकी निकलने की कोशिश ने उसे पपड़ी में और भी ज्यादा उलझा दिया था।

उसे लगा वह सोफे में निरन्तर धँसता जा रहा है। टेक के लिए उसने

अपना पाँव का जूता सामने पड़े डेस्क पर अटका दिया। उसे लगने लगा कि वह नितांत अकेला है। बाहर की दुनिया उससे कोसों दूर है और उसका कमरा दुनिया से अलग अगम्य दूरी पर है।

शनैः-शनैः उसका अपना अस्तित्व विभाजित-सा हो गया–दो विवादशील हस्तियों में। विवाद आरंभ हो गया–

'जिन्दगी दाँव पर लगा दी मैंने। पर फल में प्राप्त हुई यह हठी और गँवार औरत ! औरों की भी तो पत्नियाँ हैं। पत्नी की ही बदौलत भाटिया अफसर बना बैठा है। वाह री किस्मत ! सब साधना व्यर्थ गई।··· काश, स्वभाव से मैं भी निकम्मा होता, सबको आटे-दाल का भाव मालूम हो जाता ! शरीफ होना भी कितना खतरनाक है ! ··· आखिर अब क्या उद्देश्य बचा है जीवन का ?' ···

'उद्देश्य ! अब कोई उद्देश्य नहीं। पहले था। बापू ने पाला, स्कूल भेजने वास्ते। तुम पढ़े शादी के वास्ते। शादी की, मुन्नू को पैदा करने के वास्ते। बस, सब मकसद पूरे। अब पुराने मकसदों की पूर्ति पर हाथ मलो···।'

'व्यंग्य न करो, मैं रो पड़ूँगा।'

'खूब रोओ। उद्देश्य तो न बदलेगा।'

'तो ठीक है, आत्महत्या कर लेना बेहतर है ऐसे में।'

'ठहरो, आत्महत्या पाप है, जो तुम्हें ही लगेगा। आत्महत्या तो स्वार्थ-भावना से प्रेरित हिंसा है न।'

'तो क्या मैं दूसरों की हिंसा को सहने के लिए स्वयं को जीवित रखते हुए अहिंसक होने का ढोंग करूँ ?'

'मतलब ?'

'यही कि खूनी शेर के हवाले खुद को कर देना अहिंसा है, और खुद को बचाने हेतु उसे मारना हिंसा है ?'

'नहीं। ऐसे नुकसानदायक जीव को, जिसे मारने पर कोई हानि न हो, मार देना हिंसा नहीं है।···'

'अब आए तुम पकड़ में ! सत्तर वर्षीया बूढ़ी माँ, जो रोटियाँ तोड़ने

के नुकसान के सिवा कुछ नहीं करती, को समाप्त कर देना अहिंसा है क्या ?'

'नहीं, हिंसा है।'

'विचारों में विरोधाभास क्यों ?'

'विरोधाभास नहीं है। माँ को मारने से कृतघ्नता का पाप जो लगेगा।'

'अहिंसा ! स्वार्थ ! ! कृतघ्नता ! ! ! ये बड़े-बड़े खोखले शब्द मेरी समस्या का समाधान नहीं हैं। बन्द करो इन्हें। मैं तो इतना जानता हूँ कि मैं दुखी हूँ, अकेला हूँ। माँ, बाप, पत्नी–सब स्वार्थी हैं, जोंक हैं। इन्हें और अधिक खून चूसने की आज्ञा मैं नहीं दे सकता।...'

'तो करो आत्महत्या। मगर उससे भी हासिल कुछ न होना है।'

'क्यों नहीं ? मेरे मरने पर इन्हें ठेस तो लगेगी। तभी इन्हें अहसास होगा कि किस कदर इन्होंने मुझे निराश किया है। मेरे अभाव में ही इन्हें मेरे महत्त्व का इल्म होगा।'

'तो फिर बेहतर हो अगर तुम इस आशय का एक नोट भी छोड़ दो कि तुम इनसे परेशान होकर आत्महत्या कर रहे हो।'

उसने कागज-कलम उठाया। लिखा–'परिवार के सदस्यो ! ...' आगे उसकी कलम अटक गई। डेस्क पर से उसके पैर का टिकाव हट गया था। वह सोफे से गिरते-गिरते बचा। वह उठा। अज्ञात शक्ति के द्वारा-सा खिंचा वह उसी तरह कागज-कलम हाथ में उठाए बाहर आ गया, मानो नोट को पूरा करने के लिए कहीं से लफ्ज नकल करके लाएगा।

नुक्कड़ पर वह आया तो देखा, पण्डित जीवन दास अपने चौतरे पर चिड़ियों के लिए बाजरा बिखेर रहे थे। अनेक चिड़ियां दानों पर झपट पड़ी थीं। कुछ लड़ने भी लगी थीं। सोचने लगा वह कि पागल हैं चिड़ियाँ जो परस्पर नाहक लड़ रही हैं। वह वहाँ और ठहरता कि उसका ध्यान गली के उस छोर पर लड़ रही दो औरतों की ओर जा लगा। वह अनायास उसी ओर हो लिया।

औरतों ने एक-दूसरी के केश मजबूती से पकड़ रखे थे। दोनों के हाथ व्यस्त थे। मात्र जुबानें चल रही थीं। बच्चे तालियाँ पीट रहे थे। एक-दो मर्द-औरतें उन्हें छुड़ाने का-सा यत्न कर रहे थे। पता लगा, वे बच्चों में

हुए झगड़े को लेकर झगड़ रही थीं। मगर रोचक बात यह थी कि वही बच्चे साथ-साथ खड़े थे, बिना किसी विरोध-भाव के।

वह उन औरतों को सुलझाने का यत्न करता कि मिस्टर भाटिया ने आवाज देकर उसे अपने मकान पर बुला लिया।

भाटिया साहब हँसते हुए उसे अन्दर ले गए–'कमाल है, यार, माँएँ लड़ रही हैं, बच्चे परस्पर खेल रहे हैं। दुनिया भी अजीब है, इसमें तो बस जीने वाला चाहिए...।' फिर एकाएक मुड़कर वे बोले–'अरे, तुम ये कागज-कलम लिये कैसे घूम रहे हो ! झगड़े का आँखों देखा हाल नोट कर रहे थे क्या ?'

वह शर्म से लाल हो गया। उसे तो कागज-कलम का ध्यान भी नहीं रहा था। उसने तत्काल कागज फाड़ दिया और बात बदलते हुए कहा–'भाभी जी नहीं दिखाई दीं ?'

'अरे, वे ठीक-ठाक होतीं तो अब तक चाय न आ गई होती। मगर घबराने की कोई बात नहीं है। हम विमेन कॉमेनिटी पर डिपेण्ड थोड़े हैं, चाय मैं बना लूँगा।'

वे दोनों ठहाका मार हँसे।

भाटिया साहब चाय बनाने रसोई में चले गए। ठहाके सुन मिसेज भाटिया भी दूसरे कमरे से बाहर आ गईं। नीली साड़ी में खूब भली लग रही थीं वह। आते ही बोलीं–'भाई साहब, बहन जी सुबह बहुत रो रही थीं। कह रही थीं कि उनकी वजह से आपको ऑफिस के लिए देर हो गई और आपका मूड...। बड़ी पछता रही थीं बेचारी कि कहीं सारा दिन ऑफिस में मूड ऑफ न रहे।'

वह कुछ नहीं बोला, बस हँस-भर दिया। मिसेज भाटिया बाथरूम चली गईं।

उसकी आँखों के समक्ष सहसा पत्नी का प्रतिबिंब तैर आया। सोच में डूब गया वह–परसों उसकी पत्नी ने बीमार होते हुए भी मेहमानों की पूरी खातिरदारी की थी।... नीली साड़ी में वह भी तो खूब अच्छी लगती है।... मेरे साथ जो चाहे कर ले मगर गली में खड़ी होकर किसी से

जूता-फजीहत नहीं करती। मुन्नू के जन्म के बाद भी उसकी सेहत कितनी अच्छी है ! विनोद की शादी में पूरे मेक-अप में नाचती हुई पूरी हीरोइन लग रही थी।··· हाँ, उस दिन अम्मा से मेरे पक्ष में ही तो लड़ रही थी।··· मैं भी मूर्ख हूँ, सुबह तनिक-सी देरी पर झगड़ पड़ा। सारा दोष भी उसी पर मढ़ दिया।··· लेकिन, ऑफिस से आने के बाद उसे बोलना तो चाहिए ही था।··· पर खैर, मैं कौन-सा बोला था !··· हूँ, कमी बस यह है कि··· बहस करना छोड़ दे तो···। मुन्नू सेकेण्ड दर्जे में हो गया है, वक्त निकालकर खुद पढ़ाऊँ तो जरूर पोजीशन आए उसकी।··· कितना प्यारा है ! मैं भी सुस्त हूँ। न प्रमोशन की परवाह, न मुन्नू की पढ़ाई की चिन्ता। बस, पत्नी के कामों में नुक्ता-चीनी ! ··· ये भाटिया भी खूब हैं, चाय खुद ही बना ली ! ··· लेकिन इसमें हर्ज भी क्या है···।

चाय आ गई। चाय पीकर विदा ले वह पूर्व-नियोजित-सा बाजार की ओर हो लिया।

राम किशन हलवाई रोचक अदा के साथ गर्म-गर्म जलेबियाँ बना रहा था। उसने फटाक से एक किलो जलेबियाँ तुलवाईं और घर की ओर हो लिया।

वह घर पहुँचा तो पत्नी बरस पड़ी–'छह घरों में तलाश कर आई हूँ। न खाना, न पीना। सुबह का मूड अब तक लिये फिरोगे तो जी लिये। मेरी परवाह करो न करो, पर अपना तो तनिक ख्याल करो। बोलूँगी तो कहोगे, बहस करती हूँ। ऊपर से तुम्हारी अम्माँ तुम्हारे लिए मुझे ही कोसे जा रही हैं। घर में तकरार हो जाया करती है–मुझे ही धमका कर अपना गुब्बार निकाल लेते। मगर तुम तो औरतों से भी कमजोर दिल रखते हो।' पत्नी का गला रूंध गया था।

'तुम अब इतना बोल रही हो, पहले क्या मौन-व्रत ले रखा था ?' वह बोला।

'आपने ही तो कहा था कि मैं बहस न किया करूँ। अभ्यास से ही तो आदत होगी।' पत्नी ने आँखें मलते हुए जवाब दिया।

उसका भी दिल भर आया था। झुककर मेज पर लिफाफा रखने

लगा तो रोकते हुए भी एक मोटा-सा जल-बिन्दु उसके गाल पर ढुलक पड़ा था।

दुखी मन से एकान्त अँधेरे में बैठ सोचना ही गलत है--अब सोच रहा था वह।

गाँव से शहर तक

'कौन-सा वहाँ ब्याह-सगाई है जो तेरा जाना जरूरी है !' पत्नी ने टोका।

'अरे, पिछली बार किशन आया था तो बुलाकर नहीं गया था क्या ?' रामदीन ने जोर देकर कहा–'कह तो रहा था कि माडल टाउन जाकर 'चौधरी भवन' पूछ लेना, सब बता देंगे। बड़े लोगों का इतना ही कहना बहुत होता है।··· फिलहाल मुझे फुर्सत भी है, एकाध दिन ठहर भी आऊँगा।'

रामदीन मोढ़ा सरकाकर बैठ गया था, जैसे लगे हाथ बहुत-कुछ कह देना चाहता हो–'हालाँकि किशन बड़ा आदमी हो गया है और मैं आज बैलों की पूँछ ही मरोड़ता हूँ, परन्तु वह आज भी मेरा लोहा मानता है। उसे अहसास है कि मैं आठवें दर्जे में अव्वल आया था। रात को दीये की रोशनी में हम एक साथ पढ़ा करते थे। किशन पट्ठा आठ बजे ही ऊँघने लग जाता था।···

'रामायण के किस्से सुनना तो किशन का शौक था। सुन्दर कांड उसे बेहद पसंद था। सिंहका और सुरसा प्रकरणों को तो वह बार-बार सुनाने को मुझसे कहा करता था।'

'अच्छा बाबा, रात हो गई है, अब सो जा, सुबह चला जाइयो', पत्नी ने जम्हाई लेते हुए कहा।

किंतु रामदीन तो जमा बैठा था। वह गंभीर-सा होकर पुनः बोला–'तू तो समझती नहीं। किशन मेरे काम का भी कहीं न कहीं जुगाड़ कर देगा। तू ही बता, गाँव में रखा ही क्या है। छोटी-छोटी खापरियाँ बची हैं। इन्हीं

पर आए दिन जूता-फजीहत होती रहती है। शेरा ने लाठी के बल पर हरिया की जमीन हड़प ली कि नहीं ? सिंचाई के औसर को लेकर पिछले बरस प्रभु का जवान लड़का मारा गया। यहाँ पढ़ाई है न लिखाई। पढ़े-लिखे भी पाँव से पाँव भिड़ाते गलियों में छैला बने फिरते हैं। ईर्ष्या, फरेब, मुकदमेबाजी–बस यही, तो बचे हैं यहाँ !…'

'अरे, तू अब तक बोल ही रहा है !' पत्नी एक झपकी ले चुकी थी। 'अब बस कर, मुझे नींद आ गई है', पत्नी ने करवट बदली–'और नाई को बुलाकर ये दाढ़ी तो मुड़ा ली होती।'

'शेरों के मुँह किसने धोए' ! रामदीन ने ठट्ठा किया–'सूरत की नहीं, सीरत की कदर होती है, बापू गांधी ने कहा था…।'

'तू फिर आ गया भाषण-बाजी पर !'

'तो ऐसा कर, मुझे रामायण लाकर दे। सुन्दर कांड फिर दोहरा लूँ। वहाँ सुनानी पड़ सकती है।'

सुबह रेलगाड़ी में रामदीन को न जाने कब उसकी पिछली रात की बची नींद ने आ दबोचा। नींद में उसने सपने में देखा कि उसे एक लम्बी-सी पूँछ उग आई है। देखते-देखते वह भयानक राक्षसों के दरबार में पहुँच गया। राक्षस उसे पूँछ से पकड़कर काबू करने का यत्न करने लगे। वह भागने लगा। लेकिन वह थोड़ी दूर भागता और गिर पड़ता। तभी भयानक चेहरों वाले अनेक राक्षस उसे पकड़ने आ धमकते। बाल-बाल बचकर वह पुनः भागता। इस तरह लहूलुहान और पसीने से तर हो गया था वह। कोलाहल करता राक्षस-समूह उसे पकड़ने ही वाला था कि उसकी आँख खुल गई। देखा, स्टेशन आ चुका था, और सवारियों की हलचल व खोंचेवालों की आवाजों के कारण अत्यधिक कोलाहल बरपा था।

रामदीन स्टेशन से बाहर आया। बला की सर्दी थी, और ऊपर से बूँदा-बाँदी भी। मगर दोस्त से मिलने की उत्सुकता में उसे कोई परवाह न थी।

किसी तरह माडल टाउन पहुँचने पर गनीमत रही कि रामदीन नुक्कड़ पर स्थित पान के उस स्टाल पर पहुँच गया जहाँ से उसे सही जानकारी

मिल सकती थी। पान वाला गुनगुनाता हुआ बिछे हुए पान के पत्तों पर मसाले जमा रहा था। रामदीन ने उसकी गुनगुनाहट कुछ धीमी पड़ते ही कहा–'भाई साहब…।' पान वाला पूर्ववत गुनगुनाता रहा, मानो उसने कुछ सुना ही न हो। रामदीन पुनः बोला–'भाई साहब…।'

'कुछ आगे भी बकेगा', पान वाले ने पान लपेटते हुए कहा। उसकी इस अप्रत्याशित झिड़की से रामदीन एक क्षण भूल ही गया कि उसे क्या पूछना है। उसने थूक निगला और वाक्य पूरा किया–'मुझे चौधरी भवन जाना है, भाई।'

अब भी पान वाले ने कोई प्रतिक्रिया नहीं दिखाई। उसने इत्मीनान से पत्ते लपेटे, उन्हें एक लिफाफे में डाला और पास बैठे एक लड़के को कहा–'पूरे छह हैं, चौधरी को दे आ।' फिर रामदीन की ओर उन्मुख होकर बोला–'जाओ तुम भी लौंडे के साथ।'

चौधरी भवन आलीशान कोठी थी। रामदीन विस्फारित आँखों से उसके अंग-अंग को देख रहा था। लड़का पान के लिफाफे के साथ सीधा अंदर घुस गया, मगर रामदीन को नौकर ने धर पकड़ा–'चौधरी साब, क्या बात है ?'

'हम पण्डित हैं, भाई !' रामदीन ने झट टोका।

'अन्दर पार्टी चल रही है।'

'पाटी !'

'मौसम नहीं दिखता क्या !' नौकर ने इस तरह जवाब दिया मानो झड़ीदार मौसम में पार्टी-बाजी शास्त्र-विहित विधान हो। 'तुम रुको, मैं मालिक से पूछ कर आता हूँ।'

नौकर अंदर गया और 'अंदर भेज दो' के आदेश के साथ लौटा। नौकर के साथ अन्दर घुसते ही रामदीन के नथुने शराब की बदबू से भर उठे। घुटन और असहज प्रकाश में उसका जी घबराने लगा। वह कुछ बोलता कि किशन चीखा–'बहादुर, तुम किसे अन्दर ले आए ? मैं सोचता था कि डाक्टर दीवान होंगे।' तभी तराशी गई दाढ़ी मात्र ठुड्डी पर ओढ़े एक व्यक्ति ने चश्मा उतार पूछा–'कौन है ये, मिस्टर किशन ?'

'मैं रामदीन हूँ', रामदीन ने एक कदम आगे बढ़ स्वयं कहना चाहा। परन्तु तभी किशन ने परिचय दिया–'सर, ये रामदीन है, गाँव में हमारे खेत जोतता है।' रामदीन के पैरों की जमीन खिसक गई। वह मन ही मन तिलमिलाया, 'मजदूर बता रहा है मुझे ! तू इतना बड़ा हो गया ! अरे, गाँव में हमारी भी साख है।'

रामदीन पैर पटकता बाहर आ गया था। तभी किशन भी बाहर निकला और रामदीन को एक कोने में ले जाकर कहने लगा–'रामदीन, बुरा मान गए क्या ? अरे, तुम तो सदा होशियार रहे हो ! तो समझो। दरअसल मैं विदेशों में माल भेजने का नया कारोबार शुरू करने वाला हूँ, और उसके लिए परमिट वगैरह इन्हीं लोगों के हाथों में है। तुम्हें इनके सामने अपना लँगोटिया यार बता देता तो ये हम सबको गँवार समझ लेते। स्टैण्डर्ड का अपना ही रौब है, भाई। जैसा देश, वैसा भेस। तुम क्या समझते हो मुझे यह सब पसंद है। नहीं, पर क्या करूँ सिस्टम ही ऐसा है। तुम बैठो, बहादुर तुम्हें खिलाए-पिलाएगा, समझे न ?' किशन पुनः अंदर चला गया।

रामदीन को आत्मग्लानि हुई कि कितना नासमझ है वह, दोस्त के बारे में कुछ और ही धारणा बना बैठा। वह कृष्ण-सुदामा के किस्से में डूब गया। सोचने लगा सुदामा को भी तो मेरी तरह कृष्ण की नियत पर शक हो गया था।

कोई एक घंटे बाद नौकर आया और उसने बताया–'पंडित जी, मालिक तो सभी के साथ कार में बैठ अपने फॉर्म पर चले गए हैं।'

'फार्म पर !'

'अरे भई, मौज-मस्ती मनेगी न ! पर फिकर नहीं, यदि आप रूकें तो आपकी खातिरदारी का जिम्मा मुझे दे गए हैं।'

रामदीन का मन वितृष्णा व ग्लानि से भर उठा। वह स्वयं को वहाँ पर फालतू-सा मानने लगा। वह बिना कुछ बोले 'चौधरी भवन' से बाहर आ गया।

लोगों से पूछ कर रेलवे स्टेशन जाने वाली बस में बैठ गया था रामदीन। बूँदा-बाँदी अब भी जारी थी। अब उसे वाकई सर्दी लगने लगी

थी। कीचड़, घुटन और भीड़ के कारण बस का वातावरण लिजलिजा और असहज था।

सीट पर दुबक कर बैठे रामदीन को एक बालक दिखा। बस्ते व पोशाक से वह स्कूल से आ रहा लगता था। रामदीन ने किसी अन्तःभावना के वश हो बालक को अपने पास सटाकर बैठा लिया। उसने अपना दाढ़ी-भरा चेहरा सर्दी में सुर्ख हुए बालक के कपोल से अनायास छुआ कर पूछा–'पढ़ते हो, बेटे ?'

'हूँ, फोर्थ में।' बालक ने पूरी गर्दन हिलाई।

'तुम्हारे पिता जी क्या करते हैं ?'

'वे बहुत बड़े आदमी हैं।' बच्चे ने खुलकर कहा।

'क्या मेरे से भी लम्बे-तगड़े हैं।' रामदीन ने यह सोचकर कि इस बालक के लिए बड़प्पन का मानदंड शारीरिक विशालता होगी, ठिठोली की।

'नहीं, वे बड़े अफसर हैं।' सुनकर, रामदीन बच्चे की समझदारी का कायल हो गया और पूछा–'समझदार हो तुम ! अच्छा, रामायण पढ़ी है तुमने ?'

'नहीं, मुझे कॉमिक्स अच्छा लगता है।' कहकर बच्चा कुछ देर चुप हो गया, फिर बोला–'आप कहाँ रहते हैं ?'

'गाँव में।'

'जाओगे कहाँ ?'

'रेलवे स्टेशन, वहाँ से रेलगाड़ी पकड़ूँगा··· और तुम ?'

'मैं भी स्टेशन के पास जाऊँगा।··· आपका गाँव काफी दूर है ?'

'हाँ बेटा, बहुत दूर।'

बालक ने थोड़ी देर सोचा और उलझन में पड़कर कहा–'पानी बरस रहा है, आपके पास न कोट है, न स्वेटर, ठण्ड नहीं लगेगी ?'

'हमें ठण्ड नहीं लगती, बेटा।' रामदीन ने स्नेह से उसका गाल थपथपाया।

स्टेशन आ गया। अब भी बूँदाबाँदी हो रही थी। बस से उतरते ही बालक बोला–'आपके पास छाता तो है नहीं, भीग जाएंगे आप !'

'तुम भी तो भीग जाओगे।' रामदीन ने ठट्ठा किया।

'नहीं भीगूंगा, यह रहा मेरा घर।' बालक ने सड़क के किनारे पर स्थित कोठी की ओर इशारा किया।

'आओ न, अंकल, मेरा कमरा देखना।'

रामदीन ने कोई जवाब न दिया। वह बच्चे को एकटक देखता गया। बालक के भोले मुख से मर्म-स्पर्शी आमंत्रण सुन उसके उपेक्षित दिल में हूक- सी उठी। आँखें नम हो आईं उसकी। उसे लगा, वह स्वयं अबोध व भटका हुआ बच्चा है, तथा वह बालक उसका जिम्मेदार वारिस। इसी भाव द्वारा खिंचा हुआ-सा रामदीन बालक के संग हो लिया।

'आओ अंकल, ये है मेरा घर', बालक ने कोठी के समक्ष रुककर कहा।

'बेटा, पहले जाकर अंदर खबर कर दो, तभी अच्छा लगता है।' रामदीन ने अदब दिखाया।

बालक अंदर चला गया। थोड़ी देर बाद पुनः लौटा और द्वार से बोला–'अंकल, तुम जाओ। मम्मी कह रही हैं कि तुम पता नहीं कौन हो।'

बालक ने झटके से द्वार बंद कर लिया था।

अज्जे कंबख्त

यह अरथी देख रहे हैं आप ? यह अरथी अजय सिंह उर्फ अजेसिंह उर्फ अज्जे के लिए तैयार की जा रही है। कुछ देर बाद इसे चार लोग कंधों पर उठाएँगे और 'राम नाम सत्त है' कहते हुए गाँव के बाहर श्मशान में ले जाकर चिता बनाकर इसे··· । खैर !

अजे सिंह अपने बाप राजे सिंह के यहाँ आजादी के आस-पास पैदा हुआ था। राजे सिंह--गाँव के एक रकबेदार जमींदार। जब अजे सिंह पैदा हुआ तो दाई ने थाली पीट-पीट कर मुहल्ले-टोले वालों को इकट्ठा कर लिया था। औरतों ने 'मेरा दिल करे खट्टे बेरों को···' पर नाच-नाच कर जमींदार साहब का समझ लो आँगन ही तोड़ दिया था। राजे सिंह के दोस्तों ने देसी ठर्रे पी-पी कर बैठक को उल्टियों से सड़ा दिया था।

अजे सिंह जन्म के वक्त निहायत कमजोर था। पर खैर, जमींदार का बेटा है, पल जाएगा, सबका ख्याल ग़ा। मगर मासूम अज्जे को क्या मालूम था कि वह जमींदार का बेटा है। उसने अपनी पसलियाँ बजानी जारी रखीं। उसकी देख-रेख में उसकी माँ ने दिन का चैन और रात की नींद हराम कर ली। माँ थी न। चिन्ता बाप को भी थी, जिसके बहाने जमींदार साहब रात को चौधराइन के कमरे में पहुँच गए थे। मगर बेटे से पहले उन्हें पत्नी का काफी दिनों से अनछुआ बदन दिख गया। यद्यपि अजे सिंह की माँ अजे सिंह के बापू से फरियाद करती रही थी कि 'बेटे की ओर देख··· मेरी देह से भी तो सब निकल चुका है, हालत ठीक नहीं है

अभी।' लेकिन राजे सिंह जमींदार का छैला छोरा था, औरत जात के पास जाकर भी अपनी मर्दानगी को बट्टा कैसे लगाता। फलस्वरूप, अज्जे सिंह की माँ पर अगले ही दिन से खून की कमी और पीलिया के आसार उतर आने लगे। दाई-मेहरी से लेकर अन्य बुजुर्ग औरतों ने इसे 'बाहरी हवा' का प्रकोप बताया। चौधरी साहब ने स्वयं चौराहे से लेकर मंदिर-शिवालय तक सब किया, पर फर्क कोई न पड़ा। मौत तो मौत है, कौन रोकता। मरने के आसार थे अजेसिंह के, मर गई उसकी माँ। उसे लोगों की करुणा और बाप की निरपेक्ष देख-रेख मिली। वह जी गया। जिसके साँस बाकी, उसे मौत कैसी।

जमींदार साहब, वह भी स्वर्गवासी बाप की इकलौती संतान, बिना मेहरिया के रहें? गैर मुनासिब! लिहाजा राजे सिंह की दूसरी आ गई। पहली से भी बढ़कर (दूसरी होती ही बढ़कर है)। धन्य भाग जमींदार साहब के–पहली से बेटा मिला, पहली की मौत से दूसरी।

शीघ्र ही दूसरी का पेट दीखने लगा। अजेसिंह भी 8-10 महीने का हाथों में उठाकर खिलाने लायक हो गया, वह घुटनों के बल चलता, चार दाँत दिखाकर खिलखिलाता, सबको अच्छा लगता।

यथा-समय अजे सिंह का एक और भाई आ गया--नफेसिंह। 'लो, दूसरा भी बुला लिया तू ने' औरतें अजे सिंह को गुदगुदी करके कहतीं। वह हँसता, मानों सब समझता हो। पर नहीं, उस कंबख्त को कोई समझ न थी। उसे क्या मालूम था कि नफेसिंह के अलावा दुलीचंद, समेसिंह, वीर सिंह और··· कुल मिलाकर आठ भाई-बहन होंगे उसके, जो उसकी मिट्टी पलीत करने में पर्याप्त से भी अधिक रहेंगे। मिट्टी पलीत भाई-बहन न भी करते यदि उसकी मौसी उसके खिलाफ आठों को उसी तरह पट्टी न पढ़ाती जिस तरह कुबेर के खिलाफ रावण को केकसी ने पढ़ाई थी।

जब अजे सिंह की दादी मरी तो वह न जाने क्यूँ सबसे अधिक रोया था। लोग कहते थे कि बुढ़िया अज्जे का कुछ ज्यादा ही ध्यान रखती थी। शायद यही कारण था कि बुढ़िया की तेरहवीं के बाद अज्जे की तेरहवीं-सी होनी कुछ ज्यादा ही शुरू हो गई थी। बुढ़िया की तेहरवीं वैसे मौसी ने

ठीक-ठाक ही की थी, वह इस भय से कि कहीं बुढ़िया की रूह प्यासी रहकर उसके बच्चों के चारों ओर न भटकती रहे। अपने बच्चों को वह गुड़-शक्कर खाकर बाहर न निकलने देती थी। अज्जे को अलबत्ता वह बरजती न थी। मगर अज्जे 'कंबख्त' को कुछ होता न था। वह तो दिनों-दिन सेहत धारता जा रहा था। आठों में उसके मुकाबले कोई न था। मौसी कहती थी कि मुस्टण्डा है, निठल्ला और बेफिक्र है, खाता है गुर्राता है। अज्जे की बर्द्धमान सेहत खिसियाई मौसी-बिल्ली को नोंचने के लिए अतिरिक्त खंभा-सी मिल गई थी। अतिरिक्त इसीलिए, कि एक तो पहले ही मौजूद था—इस आशंका के रूप में कि अज्जे बड़ा होकर जायदाद का आधा हिस्सा माँगेगा।

हुआ यूँ कि 'कंबख्त' अज्जे में समझ पैदा हो गई। उसे अहसास हुआ कि चूँकि मौसी उसे तंग देखना-करना चाहती है, अतः उसे तंग होना-दिखना ही चाहिए। मगर उसे यह न पता था कि मौसी के उसे तंग देखने का मतलब था कि अजेसिंह-रूपी पराई संतान को कतई न देखना। बस वह तो दिन-रात खेत-खलिहान, डाँगर-ढोरों में खटने, भूखा-प्यासा रहने आदि में ही लक्ष्य पूरा हुआ समझ लेता था। यह भी कोई तंग होना हुआ ? दस-ग्यारह आदमियों के कुनबे द्वारा संगठित रूप से एक अदने-से आदमी को यह भी कोई तंग करना हुआ !

मौसी को यह दर्शन न जाने कहाँ से ज्ञात था कि कुत्ते को बदनाम करके मारने पर न केवल पाप नहीं लगता, बल्कि लोग भी जीव-हत्या पर भला-बुरा नहीं कहते-सोचते हैं। सो, वह आधा समय अज्जे के अवगुणों को प्रचारित-प्रसरित करने में बिताने लगी—'ऐंठ है उसे कि वह आधे का मालिक है··· दूसरे भाई-बहन तो उसे फूटी आँख नहीं सुहाते···।'

'मेरे हाथ का दिया खाता नहीं है, बाद में बदनाम करता है कि मौसी खाने को नहीं देती··· री, मैं सोचती थी कि मौसियाँ वाकई गंदी होती हैं, पर अब जाना कि···। कैसा मुटा गया है, क्या बिना खाए-पीए ही··· दूध की हंडिया में रोज मलाई उतरी मिलती है, बता, क्या करूँ ? कुत्ते-बिल्ली की तो रखवाली कर लूँ पर इस साँड की···।··· जवान हो गया है, इसकी

उमर में तो मुझे नफे और देबी दोनों हो गए थे··· कंधों के ऊपर से देखने लगा है अब तो, डर भी लगता है मुझे तो।··· मोटी अकल का है, वरना सारे भाई मदरसे में जाते हैं, वह भी न चला जाता···।' इस तरह मौसी को विशेष सन्तुष्टि मिलती थी।

असली संतुष्टि मौसी को तब मिली जब पता चला कि अज्जे घर छोड़ कर भाग गया है। रात को सोते समय अज्जे खाट पर लेटे बापू के कदमों पर सिर रखकर ढेर-सा रोया तो था, मगर बापू ने डाँट दिया था कि ग्यारह आदमियों के कुनबे में वही निकम्मा है जो छोटे भाई-बहनों से बनाकर नहीं रखता, क्या यही है बड़े भाई का फर्ज ?

यदि अज्जे पढ़ा-लिखा होता तो जाने से पहले वह एक नोट अवश्य छोड़ कर जाता, क्योंकि न जाने क्या-क्या उद्गार उसके मन में आए थे। पर वह यूँ ही चला गया था, कंबख्त कहीं का !

कोई नोट वगैरह न मिलने पर भी अज्जे का बापू रोया क्यूँ था, नहीं मालूम। हाँ, उसने अपने वो कदम अवश्य निहारे थे, जिन पर अज्जे के आँसुओं की चिपचिपाहट अब भी थी। इसके अलावा अज्जे के टूटे जूते देखकर भी वह रोया था–'कंबख्त जूतियाँ भी पहनकर न गया, नंगे पाँव ही भाग गया।'

आँसू मौसी को भी आए थे, पर किसी निकम्मे ने टिप्पणी की कि खुशी के आँसू हैं।

राजे सिंह ने अज्जे को ढूँढ़ने की काफी कोशिश की–फूफी के यहाँ वह नहीं मिला, और मामा के यहाँ तो वह जाता ही क्यों, क्योंकि माँ रही होती तो मामा भी वास्तव में मामा होते। खैर, कंबख्त कहीं नहीं मिला। 'आ जाएगा कौन-सा लड़की है जो बट्टा लगेगा' जैसी उक्तियों के मरहम से राजे सिंह का जी हल्का हो गया।

एक दिन किसी ने बताया कि अज्जे को उसने शहर में साइकिलों को पंक्चर लगाते देखा है। पंक्चर लगाए या और कुछ, अज्जे का सुराग मिल गया, राजे सिंह प्रसन्न थे। अज्जे से राजे सिंह मिले। अज्जे बोला–'बापू, मैं ठीक हूँ। वक्त ने मुझे मेरे उस्ताद से पंक्चर लगाने का

काम सिखवा दिया है। मुझे किसी से कोई गिला भी नहीं है। मेरा दाल-रोटी चल जाता है।··· हक-वक मुझे कुछ नहीं चाहिए, बल्कि मुझे तो, बापू, यह भी नहीं मालूम कि तुम्हारी जायदाद है कितनी। कभी देकर जाओ तो दे देना, नहीं तो नहीं भी सही।··· हाँ, बापू, आप आ ही गए हो, तो हो सके तो मेरा अलगौजा भिजवा देना, खेत में शहतूत के पेड़ पर रखा है।··· और हाँ, दीनू हलवाहे, और जुग्गा ग्वाले को मेरी ओर से राम-राम जरूर कह दियो।··· और, ये लो, बापू, फिलहाल मेरे पास ये तीन रुपए छह आने हैं, अपने लिए छड़ी खरीद लेना, बूढ़े दिखने लगे हो··· और हाँ, बापू याद हो तो बताओ, मेरी माँ का श्राद्ध किस दिन पड़ेगा। कई बार सपने में एक देवी दिख चुकी है, जरूर मेरी माँ है।'

राजे सिंह रो-धो कर लौट आए।

'कहती थी न, नहीं आएगा। ऐसा आने वाला होता तो जाता ही क्यों ? बहुत जिद्दी और कंबख्त बालक है।' मौसी ने कहा।

क्योंकि गाँव में लड़का बारह का हुआ नहीं, रिश्ते आ टपकते हैं, राजेसिंह के लड़कों के भी रिश्ते आने लगे तो राजे सिंह ने तय किया कि अज्जे बड़ा है, उसी की शादी सर्वप्रथम होनी चाहिए।

'उसने तो छोटे लोगों का धंधा करके दूसरे बच्चों के रिश्तों को भी खटाई में डाल दिया है। सारे गाँव में थू-थू हो रही है कि जमींदार का बालक होकर राह चलतों की साइकिलों को ठीक करें··· और फिर बिन माँ के लड़के को अपनी लड़की कोई खाता-पीता आदमी क्यों देगा ?'

'बिन माँ का कैसे ? तुम हो तो ?'

'हुँ, जैसे पूजता हो मुझे, कभी बोला भी है सरधा से ?'

'पर शादी तो करनी ही है न वरन: बदनामी होगी। और हां, तुम जानो कि बिन ब्याहे मरने वाले की रुह पीछा नहीं छोड़ती।'

इस तरह के पति-पत्नी के रोजमर्रा के संवादों ने अज्जे की मौसी को 'कुछ' सोचने पर विवश कर दिया। एक दिन वह बोली–'चौधरी साहब, मेरी निगाह में एक लड़की है। एक पैर में ज़रा खराबी है, पर तुम तो जानो कि अज्जे भी तो···।'

'तू बोल तो।''' भई, मैं तो चाहता हूँ कि लोग ये न कहें कि जमींदार साहब ने लड़का रण्डुआ छोड़ दिया।'

'मेरी रिश्तेदारी में है वह लड़की। दहेज भी कम नहीं देंगे। मैं जितने चाहूँगी उतने बर्तन-कपड़े, और जितना दान तुम चाहोगे'''।'

'बस, तुम बात कर लेना।' चौधरी साहब ने स्वच्छंद साँस छोड़ा।

बापू बेटे से पुनः मिला–'तुम्हें कोई परेशानी नहीं होगी, बेटा, तुम्हारी मौसी खुद पहल कर रही है।''' और ये रहा मेरा साफा तुम्हारे कदमों में, मेरे साथ नहीं जाना हो तो ठोकर मार दो इसे, वरना कल आएँगे वे तुम्हें देखने'''।'

अज्जे उसी दिन गाँव में पुनः आ गया। मौसी ने खातिरदारी की। 'अज्जे के संग प्यार से खेलना, लड़ना मत', सबको उसने हिदायत दी।

खेलने का मतलब आम तौर पर गुल्ली-डंडा खेलना था। आते ही भाइयों के साथ अज्जे ने गुल्ली-डंडा खेलना शुरू किया। बड़ा था, तो पहल अगलों की थी और वह खुद गुल्ली 'कैच' करने लगा। दो को तो अज्जे ने मिनटों में निपटा दिया, पर तीसरे ने गुल्ली को ऐसा डण्डा घुमा के मारा कि अज्जे को पता ही न चला कि गुल्ली की रफ्तार क्या है और दिशा क्या। गुल्ली सीधी अज्जे की आँख में लगी। बंद आँखों से भी अज्जे को तितलियाँ उड़ती नजर आने लगीं। घुटनों में सिर दे वह वहीं बैठ गया। आँख से रक्त बहने लगा। अब क्या हो ? खैर, गाँव के ही वैद्य से पट्टी कराई। शहर ले जाना ठीक नहीं, क्योंकि अगले ही दिन रिश्ते वाले आने थे। नाक कट जाने का भय था–आँख से नाक अच्छी !

'बच्चा थोड़े ही है, गुल्ली-डंडा क्यों खेला ?' जैसी ही उक्तियों के बीच अज्जे सारी रात कराहता रहा। सुबह चार बजे के करीब उसे नींद आई। तब तक शायद नींद दर्द से भी ज्यादा इकट्ठी हो गई होगी। फलतः सुबह उससे उठा न गया। यानि उठा तो दिया था उसे, पर खाट छोड़ी न गई उससे। दर्द था कि उसे चिल्लाने के लिए मजबूर कर रहा था। 'क्यों जग-हँसाई करवा रहा है ?' किसी औरत ने बोला। आवाज मौसी की थी। देख वह सकता न था–बची आँख को खोलने की चेष्टा करता था तो घायल

आँख में भी खिंचाव होता था।

'एक तो लड़का बिन माँ का, दूसरे आँख का क्या भरोसा··· फिर भी देखेंगे, सलाह करके बताएँगे।' कहकर रिश्ते वाले चले गए, और फिर कभी न लौटे।

'सोच तो मैं भले की ही रही थी, पर किसी के भाग खोटे तो हम क्या करें··· ? पैसा भी तो इलाज पर खूब लग गया न।' मौसी का नया शगूफा था।

आँख की टीस तो चली गई पर रोशनी को सदा के लिए साथ ले गई। अज्जे ने पुनः गाँव छोड़ने की योजना बनाई। राजे सिंह भी अब अज्जे को रोकना-टोकना दो वजहों से चाहता न था–एक, अज्जे कहेगा–'पहले बुलाकर फायदा क्या हुआ, उल्टे···।' दूसरे, मौसी कहेगी–'बुलाकर क्या निकाला, उल्टे हकीम का घर भरना पड़ा।'

अज्जे को किसी से पूछने की आवश्यकता भी न थी। पर अब वह उसी शहर नहीं जाएगा। उसका उस्ताद पूछेगा, मेहरिया कहाँ है, वह क्या जवाब देगा ? सब हँसेंगे।

अज्जे ने शहर व गाँव के बीच में टायर-पंक्चर की दूकान कर ली। कुछ पैसे बचा रखे थे, उनमें सामान खरीदा और एक झुग्गी डाल ली। यूँ भय खाने को उसके पास कुछ न था, फिर भी उसने एक कुत्ता भी पाल लिया, जिसे वह बल्ले कहकर पुकारता था।

सस्ते जमाने थे, दूकान अकेली थी, अच्छी चल निकली। उसने सोचा, एक लौण्डा और रख ले तो दूध-लस्सी का काम भी शुरू कर दें। उसने लौण्डा रख लिया, और काम बढ़ा लिया।

अजेसिंह कुत्ते के संग सुबह-सुबह रोज सैर को निकलता, दिशा-मैदान जाता। खुली हवा में साँस लेता वह। बैठे-बैठे उसे फुल्लो की याद हो आती। फुल्लो कभी अपनी गैया को चराने खेतों में जाती थी तो अमूमन अज्ज़े के कुएँ पर पानी पीने आती थी, और अज्जे का अलगौजा सुनती थी। कितनी प्यारी थी फुल्लो ! हँसती थी तो हँसती ही चली जाती थी। एक दिन उसकी गैया अज्जे के खेत में घुसी थी तो अज्जे ने उसे मारा था।

वह रोई न थी। बस सहम कर इस भाव के साथ देखती रही थी कि क्या यही फल है, जान-पहचान का ? जब फुल्लो ने छाती पर अज्जे द्वारा तनिक फाड़ दिए गए अपने कुर्ते को देखा था तो वह रोई थी, और झट से दोनों हाथों से फटे हिस्से को दबोच लिया था उसने।

··· अज्जे सोचता कि कुछ पैसा जमा हो जाए तो वह एक छोटा-सा घर बनाए और···। वह सोचते-सोचते यह भी भूल जाता था कि वह नंगा-उकड़ू जिस कार्य-निवृत्ति के लिए बैठा है वह तो कब का निपट चुका है। जब उसे तनाव-सा महसूस होता, वह इस तरह गर्दन झटककर उठ खड़ा होता मानो बदन पर चिपटे चींटे को झाड़ रहा हो।

एक दिन हुआ यूँ कि अज्जे का सहायक अपने गाँव चला गया। पीछे से दो-तीन लठैतों ने अज्जे पर हमला बोल दिया। रात का वक्त था। कुत्ता भौंका तो उसे सिर पर लट्ठ मारकर घायल कर दिया। झुग्गी में आग लगाने की धमकी देकर अज्जे को बाहर बुलवा लिया और लूट-पाट करने लगे। वे अज्जे द्वारा जमा किए एक सौ तीन रुपए ले गए, और साथ में खोये और बरफी की हण्डियाँ भी। सुबह नन्नो का मुर्गा बोलने से पूर्व ही अज्जे अपने घायल कुत्ते को ले गाँव आ पहुँचा। हाँफता हुआ।

'पहले ही कहा था कि लौटकर बुद्धू घर ही आएगा।' जैसी प्रतिक्रियाओं के बीच भी अज्जे ने तय किया कि गाँव में ही रहेगा। पर रहेगा कहाँ ? चार-चार बहुएँ हैं घर में। मलंग का घर में रहना ठीक नहीं। क्या भरोसा ?

अन्ततः तय हो गया कि अज्जे के लिए एक अदद कोठरी भैंसों से खाली करा ली जाए। भैंसें अच्छी थोड़ी ही थीं अपने अज्जे से ! अज्जे रहने लगा कोठरी में—तर्क फँसी जरूरत की तरह। बल्ले, यानि कुत्ते के साथ।

'देख, अज्जे हक तो मैं जीते-जी किसी को दूँगा नहीं। मेरे मरने पर चाहे जो मर्जी करना।' यह पहले ही बापू ने अज्जे के कानों में डाल दिया था।

'तो, बापू, एक भैंस ही दे दो। उसे पाल-पोसकर मैं अपना काम चला

लूँगा–दो सेर दूध बेच दिया करूँगा। मेरा रोटी-लत्ता चल जाएगा।'

एक ऐसी भैंस अज्जे को दे दी गई। जिसके सब आसार परखने के बाद जमींदार साहब बैल की जगह हल में जोतने की दिशा में सोच कर इस आशंका से दुःखी थे कि लोग कहेंगे कि जमींदार साहब बुढ़ापे में उल्टी गंगा पहाड़ चढ़ा रहे हैं।

पर गंगा अज्जे के घर बह आई। खूँटा बदलने की देर थी, भैंस के 'आसार' हो गए। 'पट्ठा किस्मत का बड़ा धनी है', सबने आह भरी।

कुत्ते का जख्म अब भी था। बल्कि कीड़े पड़ गए थे उसके सिर में, जो कीड़े मारने का तेल डालने पर भी बढ़ तो न पा रहे थे, मगर प्रिवीपर्स पा गए जागीरदार की तरह कुत्ते की सिर-रूपी जागीर से जा भी न रहे थे। कुत्ते की इस बेबसी का लाभ उठा एक बिल्ली भी सरे-आम कुत्ते के सामने अज्जे की कोठरी में आने लगी। बाद में कुत्ते व बिल्ली दोनों ने जान ही लिया कि परस्पर बने रहने में ऐतराज का कोई मुद्दा नहीं है। बिल्ली बाद में बिल्लो पुकारी जाने लगी।

अज्जे की गाड़ी पुनः चल निकली। उसे फुल्लो की पुनः याद आने लगी। वह पुनः सोचने लगा कि मेहनत करके यदि वह सामान वगैरह जोड़ ले तो···। उसने कमर-तोड़ काम करना शुरू कर दिया।

अज्जे ने राशन कार्ड भी बनवा लिया। इसके लिए उसे दो किलो घी अवश्य देना पड़ा था कार्ड वाले इंस्पेक्टर को। बन तो यूँ भी जाना चाहिए था, मगर उसके घर वालों को उसके स्वतंत्र राशन कार्ड पर एतराज दो कारणों से था–एक, उन्हें अज्जे का नाम अपने कार्ड से निकाल उसकी चीनी से हाथ धोना पड़ता, और दूसरे, एक पढ़े-लिखे ने बताया था कि अलग राशन-कार्ड अज्जे के स्वतंत्र अस्तित्व को जाहिर करेगा जो उसके स्वतंत्र हक को भी साबित करने में सहायक होगा।

खैर, सब आशंकाएं दो किलो घी ने दूर कर दीं। अज्जे का नाम पूर्ववत पहली जगह बने रहते हुए भी नई जगह दाखिल हो गया था, बल्कि दो और नामों के साथ–यानि, राशन कार्ड में कुल तीन नाम दर्ज हुए–अज्जे, बिल्लो, बल्ले।

गाँव में भाई-चारे की अपनी अहमियत है। जिसका भाई-चारा नहीं, वह आधा मरा समझो।

अज्जे जिन्दा रहना चाहता था, वह भी गाँव में रहकर। ऐसे में, भाई-चारे यानि भाइयों को खुश रखना लाजिमी था। भाइयों को खुश होना न था, क्योंकि वे पहले ही ऐश में थे। मगर अज्जे को तो इस दिशा में प्रयास करना था। और इस क्षेत्र में काम करने के लिए एक जगह उसे मिल भी गई–वह यह थी कि सारे भाई न केवल आपस में झगड़ते रहते थे, बल्कि जमींदार के बेटे होने के नाते दूसरों के साथ भी सिर-फुटौवल करते रहते थे–अज्जे ने बिना बुलाए उनका अंधा-धुंध साथ देने के लिए एक लाठी पर तेल लगा लिया था। कई झगड़ों में अज्जे ने बढ़-चढ़ कर भाग लिया। पर जितना प्रतिफल वह चाहता था, एहसान-फरोश भाई देते न थे।

यह लड़ाई अंतिम लड़ाई लड़ी थी अज्जे ने। 'बस अबकी बार भाइयों को अपनी महत्ता और जरूरत अनुभव करवा देनी है' के अंदाज में। लड़ाई के दौरान ज्यों ही उसने लाठी तानकर दुश्मन के पाले में प्रवेश करना चाहा, एक जोर का लट्ठ बिना रोशनी वाली आँख की ओर से अज्जे के सिर में आ लगा था। बस वहीं बैठ गया था अज्जे। उसके सामने अँधेरा छा गया। जब उसे होश आया तो वह अपनी उसी कोठरी में खटिया पर पड़ा था। बिल्लो म्याऊँ-म्याऊँ करती घूम रही थी–भूखी थी। बल्ले पहले की तरह अपने कानों को फटकारता, सिर को झाड़ता दहलीज में खड़ा था।

सब अज्जे के चारों ओर खड़े थे–भाई, बहन, मौसी, बापू ! अज्जे को अपूर्व सुख मिला। उसने दर्द-भरी मुस्कान अपने चेहरे पर लाई, मानो कह रहा हो–'गम न करो, भाइयों, मैंने तो अपना फर्ज पूरा किया है।' यूँ वहाँ गम करने वाला कोई न था, सब भाँप रहे थे कि उसके न बचने के आसार कितने हैं।

दो-चार दिन अज्जे का सरसरी इलाज कराया गया। बारिश के दिन थे। फायदा होना तो दूर, सिर में कुछ बिलबिलाने लगा। इसी बीच कुत्ता, यानि बल्ले, बिना देख-रेख के कारण मर गया था। कुत्ते का कड़वा तेल

अब अज्जे के सिर के काम आने लगा। और आकर भी अन्ततः उसे बचा न पाया। बिल्लो तो कब की कोई दूसरा ठौर तलाश चुकी थी।

... और ये अरथी अज्जे की तैयार हो रही है। अरथी वाले अरथी तैयार कर रहे हैं, और जो लोग अज्जे द्वारा संचित घी की मटकियाँ उठा-उठाकर अपने यहाँ ढो रहे हैं, वो अज्जे के भाई-बहन हैं। कुछ बूढ़े आदमी मौके के मुताबिक हाव-भाव चेहरे पर लिये विचार-विमर्श कर रहे हैं कि अज्जे ने साँस छोड़ते हुए अपनी मरी हुई माँ को याद किया, राम-नाम ले लेता तो कंबख्त भवसागर तर जाता।

चालीसा

चालीसा यानि, एक ही गोत्र के चालीस गाँवों का समूह। चालीसा की बैठक तभी बुलाई जाती है जब या तो मामला साँझा हो, या एक गाँव से मुद्दा कोई न सुलझे। अबकी बार चालीसा बुलाने में पीरू की कोई रुचि न थी, मगर गाँव के निठल्ले व तमाशा-पसंद लोगों ने उसे इसकी बैठक बुलाने हेतु उकसा दिया था। वजह ? बस यही कि एक दो दिन चहल-पहल रहेगी, गहमा-गहमी व गरमा-गर्मी रहेगी, मजा रहेगा।

एक जमाना था जब चालीसा के निर्णयों को जमीन-तोड़ फरमानों से कम नहीं आँका जाता था। यह किसी पर यदि एक टका भी जुर्माना कर देता तो वह शख्स ता-उम्र मुँह छिपाता फिरता था। चालीसा की आला शख्सियत के जरिए बाद में तेज-तर्रार लोग अपने दुश्मनों पर जुर्माना घोषित करवा कर उनकी अवमानना करवाने लगे। इसके लिए वे ऐसा करते कि चालीसा की कार्रवाई को दर्ज करने वाले कलमनवीस को पटा लेते। जब चालीसा पूरा सरगर्म होता तो वे यकायक उठकर घोषणा कर देते–'फलां वल्द फलां मुकाम फलां पर इकन्नी जुर्माना !' और फटाक से खुद ही दंडित व्यक्ति की ओर से जुर्माना उसी वक्त भर भी देते। कलम नवीस रसीद तैयार रखता। कलम नवीस द्वारा एक बार जुर्माना दर्ज हुआ, तो फिर सिर-फुटौवल हो सकता था, जुर्माना न मिटता था। मगर बाद में स्थिति यहाँ तक आ गई कि जुर्माना हो तो भी लोग परवाह न करते थे।

चौपाल में शामियाना लगा था। गर्मी के दिन थे और लोगों की संख्या

ज्यादा। छाया पाने के लिए सिमटकर लोग खचाखच भर गए थे। शामियाने में घुसते ही पसीना व हुक्का-बीड़ियों के धुएँ की मिली-जुली कसैली बू नथूनों में भर जाती थी। लोग धोतियों के पल्लुओं को ही इधर-उधर उड़ाकर गर्मी से निजात पाने की नाकाम कोशिश कर रहे थे। गाँव का नाई मुस्तैदी से भाग-दौड़ रहा था—कभी चौधरियों की चिलम ठण्डी हो जाती थी, कभी उनका हलक सूख जाता था।

चालीसा के सबसे बड़े 'चौधरी' सीतापुर के चौधरी लालेराम थे। ये चालीसा के प्रधान थे। ये फौज से सूबेदार रिटायर हुए थे, मगर लोग इन्हें करनल साहिब कहकर पुकारते थे। अस्सी वर्षीय लालेराम की हिलती हुई गर्दन पर तुर्रेदार साफा दाना चुगते मुर्गे की कलगी सदृश हिल रहा था। उनके पास बैठे थे भाटी गाँव के चौधरी भीमा। इनके पूर्वज कभी रियासत के मालिक थे। अब रियासत न सही, इनकी रियासती शान बदस्तूर थी। ये चालीसा के उपप्रधान थे, मगर लोग इन्हें 'प्रधान जी' ही कहते थे। बगल में बैठे थे, देवापुर के चौधरी दीन दयाल। ये कभी माने हुए पटवारी थे। काम के पक्के थे, फीस भी पक्की थी। ये सेक्रेटरी थे। करनल साहब के पीछे जो दो और पग्गड़धारी बैठे थे, वे वहीं बैठे दो-तीन उभरते नवयुवकों को बीच-बीच में हिदायतें देते रहते थे—मसलन, करनल साहब को पकड़कर उठवाना, अव्यवस्था फैलाने वालों को घसीट कर बाहर फिंकवाना, आदि।

शिखर दुपहरी होने को आ गई, पर किसी भी मुद्दे पर चालीसा की पंचायत पहुँच न पाई। असल में, शुरू का एक घंटा तक तो चालीसा के अगुवा मौन ही बैठे रहे थे, मानों गहन विचार-मंथन कर रहे हों। फिर करनल साहब, जो स्वयं भी उठ सकते थे, पग्गड़धारियों के इशारे पर नौजवानों द्वारा सँभाल कर उठाए गए! करनल साहब ने भी अपने गात को ढीला छोड़कर नवयुवकों को सेवा का पूरा मौका दिया था। प्रधान जी ने खड़े होकर आवाज को और भी बुजुर्ग बनाकर कहा—'मसला क्या है, अभी तक पेश नहीं हुआ है। मैं चौधरी मंगतूराम कलमनवीस से दरख्वास्त करता हूँ कि मामला पेश हो।'

चौधरी मंगतूराम ने खड़े होकर एक बही में से चारों ओर घूमकर

सुनाया–'जनाब प्रधान करनल साहब, सयाने बुजुर्गों व दीगर मौजूद सज्जनों ! मामला ये है कि जनाब पीर बख्श उर्फ पीरू वल्द मरहूम रहमत अली मुकाम जोतपुर को पूरे भाईचारे से गिला है कि भाईचारा उसे भाईचारे में शामिल नहीं मानता; जिससे वह दुःख व तंगी महसूसता है।' 'भाई चारे में पड़ा क्यूँ है तो ?' कहीं से आवाज आई। करनल साहब के माथे पर एक लम्हा शिकन आई। उसे समेटकर वे बोले–'जनाब पीर बख्श हाजिर हों और जुबान से बयान करें कि मसला क्या है।' इससे पूर्व कि पीरू खड़ा होता, एक आदमी ने खड़े होकर कुछ कहना चाहा। पर एक अन्य आदमी ने उसे ठबका–'रम्मन बैठ जा। ज्यादा पंचायती न बन। तेरे से बड़े पग्गड़ वाले अभी जिन्दा हैं।'

रम्मन बैठ गया। शामियाने में चेमेगोयाँ शुरू हो गईं। एक अन्य पगड़ी वाले ने खड़े होकर हाथ हिलाकर सबको शान्त रहने का निर्देश दिया। उसे भी बरज दिया गया–'भरतू, तू कब से चौधरी हो गया ? कल तक तो चिलम भरा करता था।··· बुजुर्गी झाड़ने के लिए कुछ बरस और चिलम भर।' 'और फिर ये चौधरियों की पंचायत है, नाइयों की जमात नहीं। पगड़ी बाँधने से कोई चौधरी नहीं हो जाता।' एक अन्य आवाज ने बीच में पैबंद लगाया। इस पर पूरे शामियाने में हँसी, आक्रोश व कहा-सुनी की मिली-जुली सरगर्मी फैल गई। तो चौधरी दीन दयाल, चालीसा के सेक्रेटरी ने खड़े होकर कहा–'देखो, वही बोले, जिसे इजाजत हो।' तभी पीछे से आवाज आई–'तुम्हें किसने इजाज़त दी है ?' सेक्रेटरी साहब ने पीछे देखा। आवाज अदृश्य हो गई। वे कुछ प्रतिक्रिया दिखाते, तभी उप प्रधान साहब ने उन्हें इशारे से बैठा दिया।

जब शामियाने में चुप्पी हो गई तो पीरू बैठा-बैठा बोला–'हमारा मुकद्दर ही खराब है, सायबान।··· हम जिन्दा हैं, बस यही दिक्कत है।' 'खड़े होकर, पीरू, खड़े होकर', कई आवाजें उभरीं, जो पीरू का पूरा मजा लेने पर आमादा थीं। पीरू खड़ा न हुआ–'हम बैठे ही ठीक हैं, साहब।' इसके बाद घंटा-भर शामियाने में चुप्पी रही। पल्लू वगैरह हिलते रहे। धुएँ के बादल उड़ते रहे। आका लोग कानों-कान फुसफुसाते रहे। आम लोग

जिज्ञासा व प्रतीक्षा में सांस साधे रहे।

जेठ की गर्मी शामियाने में ताबड़तोड़ घुसने लगी। हवा किसी अँधेरी ठंडी गुफा में आराम करने चली गई। पेड़ों ने साँस साध लिया। शामियाने में दम घुटने लगा। एक-एक कर लोग सरकने लगे। ऐसे में, करनल साहब ने चालीसा की कार्रवाई को मुअत्तल करते हुए लोगों को भोजन व आराम वगैरह करके साँझ को पुनः मौजूद होने का निर्देश दिया।

ज्ञातव्य है कि ऐसे मौकों पर जिस गाँव में चालीसा होता था, उसके हर घर में सदा-व्रत-सा रहता था। मेहमान पंचायती-लोग जिस घर में चाहते उसी में भोजन व आराम कर सकते थे। चालीसा की मुअत्तली पर लोग इस तरह बिखर गए, मानों वे किसी सवारी रेलगाड़ी से उतरकर चल हों। पीरू अलबत्ता इस कदर कदम घिसटाकर चल रहा था, जैसे किसी प्रियजन का तर्पण करके लौट रहा हो। वह घर जाकर खाट पर माथा पकड़कर बैठ गया। उसे भूख न थी न प्यास। उसे अपना अतीत आँखों के सामने इतना तेजी से घूमता नजर आ रहा था कि यकायक उसके मुँह से एक आह-सी निकल पड़ी–'कहाँ छोड़ गया तू, अब्बा ?'

छोटा-सा गाँव था जोतपुर। ज्यादातर घर चौधरियों के थे। कुछ घर पिछड़ी जातियों के थे, और मात्र तीन घर मुसलमानों के–एक घर का व्यवसाय गाँव की चौकीदारी था; दूसरा रेजा बुनता था; और तीसरा परिवार पीरू का था, जो खेती-बाड़ी करता था। पीरू के परिवार में फिलहाल पीरू के अलावा उसके अब्बा, उसका बड़ा भैय्या व उसकी बहन शबीना थी। अम्मी का इन्तकाल शबीना की पैदाइश के वक्त हो गया था।

गाँव में मजहब की अवधारणा ज्यादा प्रचलन में न थी। समूचे गाँव को तीन मोटे फिरकों में बाँटकर देखा जाता था–चौधरी, गैर-चौधरी, व मुसलमान। मुसलमान भी गैर-चौधरियों में उसी तरह शुमार थे, जैसे–चमार, नाई, तेली, धोबी, वगैरह। खुद मुसलमानों में भी किसी किस्म का मजहबी जज्बा न था। वे पूरे आलम में उसी तरह मस्त थे जैसे दूसरी गैर-चौधरी जातियाँ।

एक जलजला आजादी के वक्त ऐसा आया, जिसके कारण गाँव में पहली बार 'धर्म' नाम की किसी चीज का नया सोच उभर कर आया। पता लगा, गाँव में दो धर्म हैं—एक हिन्दू, दूसरा मुहम्मदी। इस जलजले ने तरल जल से जुड़े नदी के दोनों साहिलों के बीच की जमीन को नेस्तनाबूद करके उसमें ऐसी दरार पैदा कर दी जिसमें समूचा दरम्यानी जल पल में जज्ब हो गया, और दोनों साहिल दो ढीठ ठूठों की नाईं खड़े रह गए। इन ठूठों को भिड़ते-ध्वस्त होते देख जमीन पथरा गई थी, सूरज विहँसा था, आकाश विस्फारित-सा निहारा था, हवा कसमसा कर रह गई थी, जल सहमा रहा था।

जोतपुर के मुस्लिम घर अकेले पड़ गए क्योंकि अन्य गैर-चौधरी जातियों ने भी इस मौके पर हिन्दू धर्म के तहत चौधरियों का साथ दिया था। तर्क ये था कि मुसलमान भी तो अपने इलाकों में हिन्दुओं के खिलाफ एक हो रहे हैं। ये तथ्य था, मगर घोर दुर्भाग्यपूर्ण। गाँव से जत्थे के जत्थे निकले—हाथों में भाले, फावड़े, लाठियाँ ले। इन्होंने देखते-देखते दो मुस्लिम परिवारों को उनके ही घर की छत के नीचे दफन कर दिया—न ताबूत, न कब्र। मासूम बालक सिसक भी न पाए, और मरकर भी ये नहीं जान पाए कि उनका कसूर क्या था। ये वही परिवार थे, जो गाँव की चौकीदारी करते थे, या जाड़े में खुद बुने रेजे से गाँव वालों का तन ढाँपते थे।

बारी पीरू के परिवार की थी। जब जत्था पीरू के दर पर फुफकारता पहुँचा, पीरू के बड़े भैया ने पूछ लिया—'माजरा क्या है, रे चंदू भाई ?' जत्थे से एक कदम आगे निकल चंदू ने उसके सर से धड़ को अलग करके उसके तमाम सवालात हमेशा के लिए खामोश कर दिए। पूरे आलम को सूँघकर पीरू के अब्बा ने जत्थे के कदमों में पनाह ली, और कसम खाई कि वह खुद भी मुसलमानों के सर कलम करने में जत्थे की मदद करेगा, मगर खुदा वास्ते उसके मासूम बेटे पीरू और नादान बिटिया शबीना को बख्श दिया जाए।

जत्थे को रहमत अली की पेशकश माकूल लगी। लिहाजा, जत्थे द्वारा एक तलवार-नुमा हथियार उसके हाथों में थमा दिया गया। जत्था उसे अपने

आगे हाँकता, अट्टहास करता व उसे नुकीले हथियारों से गोदता हुआ पड़ोस के गाँव में पहुँचा, पर पता लगा कि वहाँ के मुसलमानों का खात्मा वहीं के जत्थों ने पहले ही कर दिया था। सो रहमत अली ने पीड़ा व मायूसी के साथ जत्थे को कहा–'कहिए, अब क्या खिदमत है, हुजूर ?' तभी एक पैना गंडास उसकी गर्दन को उसके बदन को तराशता चला गया।

जत्था पुनः जोतपुर की ओर बढ़ चला। दौड़ता हुआ। क्यों ? यह हर हिन्दू बच्चा जानता था, तभी तो बच्चों ने तालियाँ पीट-पीट कर पीरू और शबीना को बताया था कि वे आ रहे हैं, अब 'तुम्हारी' बारी है। बच्चों के लिए तो ये सब तमाशा था। उधर पीरू अपने से दस बरस ज्यादा उमर के काबिल ख्यालों में खोया था। जब सब लोग व बच्चे गाँव के बाहर जत्थे को 'खुश-अमदीद' कहने निकल गए, तो ग्यारह वर्षीय पीरू अपनी, व छह वर्षीया बहन शबीना की जान को बचाने के लिए दिशा-व-लक्ष्य हीन स्थान की ओर भागा। मुसीबत इंसान को समय से पहले सयाना बना देती है। पीरू व शबीना ने भी वक्त की नजाकत को भाँप लिया था। माजरे का तो नहीं, उन्हें खतरे का इल्म हो गया था। तीन दिन तक वे गाँव के बाहर दूर नदी के पास पानी पी-पीं कर छुपे रहे।

जुनून की उम्र छोटी होती है, इसीलिए तासीर में वह बेसब्रा होता है, तूफान की तरह। लोगों के जेहन पर अमरबेल की तरह छाया जुनून भादों की छाया-सा जल्दी ही हट गया। कजरारे बादल छितरा गए। आसमान साफ हो गया। लोग प्रकृतिस्थ हो गए। हलवाहे हल-बैल ले खेतों की ओर जाने लगे। ग्वाले खूँटों से गाएँ-भैंसे खोल चरागाहों में निकलने लगे। कुदरती आलम ताज्जुब-ओ-अफसोस करने लगा कि जो हुआ, वो क्यों व कैसे हुआ। नदी पर पशु चराते हुए खिम्मन ग्वाले को पीरू व शबीना दिख गए। वह सहमे-सहमे बच्चों को सही-सलामत गाँव ले आया।

पीरू को खिम्मन ने रोटी-लत्ते पर अपने यहाँ डाँगर-ढोरों वास्ते रख लिया। शबीना को सरपंच की चौधराइन ने अपनी खिदमत वास्ते रखा। पीरू की पुश्तैनी जमीन को सरपंच ने पहले ही पंचायती घोषित करके नीलाम

कर दिया था। घर अलबत्ता अभी निर्णय लिए जाने की प्रतीक्षा में था। इसे बाद में पीरू के हवाले कर दिया गया, बतौर रहम।

पीरू व शबीना सारा दिन अपने ठिकानों पर कामों में जुटे रहते। जो मिलता, खा लेते। रात को भाई-बहन आकर अपने मकान की कच्ची छत व दीवारों के साए में सो रहते। उनके अबोध मन क्या-क्या सोचा करते, ये उन्हें स्वयं भी मालूम न था। शबीना अबोध व छोटी थी, उलझन को भय्या के सामने रख देती, मगर पीरू सिवा दीवारों के मुखातिब होने के कुछ कह या कर न पाता।

वक्त बीता। पीरू जवान हो गया। देखते-देखते शबीना भी खूबसूरत युवती के रूप में भाई के समक्ष खड़ी हो गई—पुराने पहाड़ आगे द्रुत हवा-सी। उसकी शादी की फिक्र पीरू के जहन में चीचड़ की तरह चिपटी रहने लगी। साथ बैठने तक से परहेज करने वाले इस माहौल में उसकी बहन को बहू के रूप में कौन मंजूर करेगा—पीरू इसी बुना-उधेड़ी में रातें काटने लगा और अन्त में गाँव में मजमा—पसंद मसखरों ने उसे सलाह दी थी कि वह चालीसा की बैठक बुलाकर अपनी समस्या पेश कर दे।

पहली बार पीरू के मसले पर चालीसा की बैठक हुई थी। जिसके फैसले के मुताबिक पीरू को चौधरियों में शामिल कर लिया गया था। परन्तु चालीसा द्वारा फैसला दर्ज करने के बावजूद पीरू की स्थिति यथावत रही थी। अब भी उसे हुक्का-पानी, शादी-ब्याहों में शरीक होना आदि मना था। हारकर पीरू सरपंच के आगे गिड़गिड़ाया—'हुजूर, मेरी तो कट जाएगी, मगर शबीना बहन का फिक्र है मुझे···।' 'इन्तजाम हो जाएगा।' सरपंच ने सोचकर कहा था।

'इंतजाम' यह किया गया कि सरपंच के साथ एक दिन एक रिटायर्ड फौजी अपनी मूँछों पर ताव देते व कंधे से बतख मारने की बंदूक झुलाते हुए आए और पन्द्रह वर्षीया शबीना को 'ब्याह' कर साथ हाँक ले गए। न बारात, न निकाह का कलमा या फेरे, न और कुछ। शबीना भी बिना चूँ-चपड़ किए, एक दफा भाई के कंधे को आंसुओं से भिगोकर चली गई—रस्से से बँधी गऊ-सी। फर्क भी क्या पड़ता है—सरपंच के यहाँ करती

रही है, वहाँ भी कर लेगी। पीरू की अवसन्न अक्ल ये तय न कर पाई कि शबीना का 'निपटारा' सब्र के काबिल है, या अफसोस के। वह पाषाणवत् पूरे मंजर को मंजूर-सा करता चला गया था।

शबीना को 'निपटा कर' पीरू खाली-सा हो गया था। फालतू वक्त में वह गाँव में यूँ ही घूमता रहता। आवारा डंगरों की तरह। गाँव की औरतें उसे रंड-मलंग के रूप में देखतीं, नौजवान उसे मजनूँ समझते, गाँव के चौधरी उसे गुलाम की तरह पाँव की जूती समझते और जोखिम-भरे काम करवाते।

पीरू को ख्वाब देकर मजा लेने वाले भी कम न थे। मगर रोजमर्रा का काम था, सो बहकावे में वह अक्सर आता न था। हाँ, साथ में वह खुद भी जवान छोकरों में बैठकर अश्लील चुटकलेबाजी करता। एक अजीब बेपरवाही, अकर्मण्यता, फक्कड़पन और मस्तमौलापन उसमें आ गया था। जुबान पर फूहड़पन भी। अनेक शेखियाँ व गप्पें उसके लबों पर रहतीं। कभी कहता कि वह सूरज देखकर बता सकता है कि क्या बजा है। कभी कहता कि एक ही चोट में वह किसी भी पशु को चित्त कर सकता है या फिर कहता कि केवल पाँच साँसों में गाँव के जोहड़ को पार कर सकता है, आदि-आदि।

पीरू सुनता आया था कि जमुना के उस पार औरतें बिकती हैं। पीरू सारी रात उन्हीं औरतों के बारे में तरह-तरह के सपने देखता रहता था। और एक दिन इन्हीं सपनों को हकीकत करने को वह उतावला हो उठा। पता लगा पीरू गाँव में नहीं है। अनेक अफवाहें फैल गईं। कोई कहता कि उसने पीरू की लाश नदी में देखी थी। कोई कहता कि वह मुसलमानों के गाँव में चला गया है, आदि। लोगों का ख्याल पुख्ता हो गया कि पीरू वापस न आएगा। मगर कुछ ही दिनों बाद गाँव वालों को ताज्जुब हुआ कि पीरू वापस आ गया था–वह भी एक औरत के साथ। 'ये कौन है, पीरू ?' जब लोगों ने पूछा, तो पीरू ने बताया–'पारो भूखों मर रही थी, यहाँ ठाठ करेगी।'

पीरू के साथ पारो के आने पर लोगों ने बहुत नाक-भौं सिकोड़े–'कहते

न थे कि ये घटिया बीज ही रहेगा।' 'अरे, गधा तो कूड़े में ही रंजता है न !' आदि-आदि। मगर पीरू पहले की तरह बे-परवाह बना था बल्कि उसमें और भी खुलापन आ गया था। कम उमर के लड़के भी उससे मजाक करते–'पीरू तेरी पारो कैसी है ?' 'अच्छी है, लात नहीं मारती।' पीरू कहता। सब हँसते। कालान्तर में पीरू के यहाँ पहले दो लड़कियाँ हुईं, फिर दो लड़के। इन्हें लेकर भी लोग बातें बनाते कि कौन-सा लड़का या लड़की किस चौधरी से है।

समय के साथ पीरू बूढ़ा हो चला था। जवानी वाला फक्कड़पन व मसखरापन भी बुढ़ाने लगा था। स्थिर-चित्त होकर सोचने लगा था वह। अपने बारे में नहीं, जवान हो रहे लड़कों के भविष्य के बारे में। दोनों लड़कियों को तो पन्द्रह-पन्द्रह की होते-होते जरूरत-मंद लोग लेजा-लेजा कर पीरू पर अहसान करते रहे थे। उलझन ये थी कि लड़कों का क्या होगा। पीरू ने अपना वक्त कैसे बिता दिया, उस पर उसे न ताज्जुब था, न ज्यादा अफसोस। उस वक्त की तो फकत यादें बाकी थीं, जो महज इस काम आती थीं कि पीरू तुलना करके यह खौफनाक अन्दाजा लगा सके कि इस भूतों के डेरेनुमा घर व बाजों से घिरे आकाशनुमा गाँव में उसकी औलाद कैसे व कब तलक जिन्दा रह पाएगी। और इसीलिए पीरू ने तमाशा-पसंद सलाहकारों की चालीसा बुलाने की सलाह को एक बार और आजमाने की कोशिश की थी।

धूप ढलने पर दाँत कुरेदते, बीड़ियाँ फूँकते, पगड़ियाँ सहेजते चौधरी-लोग पुनः आ उतरे। वृक्षों की छाया पूर्व की ओर बढ़ चली थी। सुस्ता चुकी हवा भी धीमे-धीमे निकल पड़ी थी। शामियाना आवारा-सा लगने लगा था। लोग चौपाल के बाहर पेड़ों की छाया में छोटे-छोटे झुण्ड बनाकर बैठ गए, और 'भैंस खरीदने', 'बैलों का सौदा करने', 'लड़का पसंद करने' जैसे ज़ाति मसलों पर बातें करने लगे। आलम ये, कि पीरू के मसले पर कोई चर्चा कहीं न थी। पैर घसीटता जब पीरू आया तो झुण्डों ने एक-बारगी उसे देखा और एक पल मुस्कराकर पुनः पुरानी चर्चाओं में खो रहे।

शाम होने को आई तो गाँव के स्थानीय लोग अपने डांगर-ढोरों को संभालने के लिए उठकर जाने लगे। झण्डी-सी उखड़ती देख करनल साहब ने सबको पुकारा। उनकी पुकार को विस्तार उनके पग्गड़धारी 'चेलों' ने दिया। जब शांति-सी हो गई तो करनल साहब ने खड़े होकर कहा–'जनाब पीरू वल्द मरहूम रहमत अली बकायदा खड़े होकर इत्तला फरमाएँ कि शिकायत क्या है।' चालीसा में मौन छा गया। कान व आँखें पीरू की ओर लग गए। पीरू मानो टूटे घुटनों पर खड़ा हुआ। बिना किसी ओर देखे, गर्दन सिकोड़े पीड़ायुक्त वह बोला–'जनाब, मैं दुखी हूँ।' लोगों को उम्मीद थी कि वह आगे भी बोलेगा। पर चुप था वह। 'क्यों ?' करनल साहब का हुक्म हुआ–'खुलासा करो।' 'बस, दुखी हूँ, जनाब।' इतना कहकर पीरू रो पड़ा। इतनी बड़ी उमर के गैर-चौधरी व्यक्ति को रोते देख चालीसा ठट्ठों में डूब गया। आवाजें आने लगीं–'साला बना रहा है, रोता है लुगाइयों की तरह !' 'कुबीज है, भाई, मक्कर भरना जानता है।' आदि-आदि। झण्डी उखड़ गई। सब हँसते हुए जाने लगे। करनल साहब समेत आका लोग भी पीरू की पीठ थपथपा कर चलते बने। पीरू घुटनों में सिर देकर बैठा रहा, अकेला। काफी देर बाद पीरू को किसी ने जगाया-सा। गर्दन उठाकर देखा, उसके दोनों लड़के थे। 'अब्बा, चलो, अम्मी ने कहा है', लड़के बोले।

पीरू खड़ा हो गया और हाथ लड़कों के कंधों पर रख लिये। लम्बा-सा साँस लेकर फिर वह बड़बड़ाया–'सिपर्दुम बुतो खुदा ख़ेसरा !' (तुम्हें खुदा के सुपुर्द करता हूँ, खुश रहो !) लड़के कुछ समझ न पाए। परस्पर देख वे हँसने लगे। न जाने क्यूँ पीरू को अपने पर उनका हँसना अच्छा लगा।

चक्रव्यूह

प्यारे दद्दू, मैं यह चिट्ठी सरकारी हस्पताल से लिख रहा हूँ। हस्पताल का नाम सुनकर घबराना मत। मेरे जैसे यहाँ बहुत पड़े हैं। कुछ तो मेरे से भी बदतर हालत में हैं। यही वजह है कि इलाज के लिए मेरा नम्बर नहीं आया है। बड़ी बीमारी का इलाज पहले होना चाहिए न। मुझे ज्यादा खतरनाक बीमारी भी नहीं है। ज़रा वहम-सा है। बस कहिए, खाँसी है। दद्दू, यहाँ आते ही मुझे गले में खरखराहट-सी शुरू हो गई थी। अब तुम सोचोगे कि मैं यहाँ चार-पाँच साल पहले आ गया था, क्या तब से खाँसी लिये पड़ा हूँ। ठीक सोचा तुमने। लेकिन खाँसी-वासी तो मेरे लगभग सब साथियों को है। बल्कि कइयों को तो मेरे से भी ज्यादा पुरानी। मुरब्बा-सी। अब दद्दू, तुम यह भी सोचोगे कि जब बात इतनी-सी है तो मैं 20-22 दिन से अस्पताल में क्यों पड़ा हूँ। असल में हुआ यूं कि कोई तीन महीने पहले खाँसी के दौरान बलगम के संग कुछ लाली-सी आने लगी। मैंने समझा कि पुराना बलगम साफ हो रहा है। मगर राम की करनी कि एक दिन पूरा बलगम खून बनकर आ उतरा। फिर भी मैंने गौर नहीं किया। अब दद्दू, यहाँ अपने नत्थू बैद की तरह हमदर्द डाक्टर तो हैं नहीं। डाक्टर दो मिनट में ही पूरे दिन की दिहाड़ी झाड़ लेते और फायदे की कोई गारंटी भी नहीं। मगर एक साथी ने मुझे इस बहम में डाल दिया कि कहीं मुझे तपेदिक तो नहीं। तपेदिक का नाम सुनते ही मैं काँप गया, दद्दू। मुझे बापू की याद हो आई। बापू को भी तो इसी जालिम तपेदिक ने दद्दू के

रहते छीन लिया था हमसे। मगर दद्दू, अब फिक्र की बात नहीं। यह शहर है। हस्पताल सरकारी है। पैसा भी नहीं लगेगा। बापू का इलाज करवाने के लिए, मैं जानता हूँ, तुमने क्या-क्या कोशिश नहीं की पैसा जुटाने के लिए। मगर मौत और गरीबी तो दोनों सगी बहनें हैं न, दद्दू। गरीबी ने मौत का साथ दे दिया, और...। सच मानो, दद्दू यही वजह थी कि मैं गाँव से इतनी दूर पैसा कमाने भाग आया था। दद्दू, तुम ही बताओ गाँव में हमारे पास न हल, न बैल और न पूरी एक एकड़ जमीन। क्या साख है हमारी गाँव में ? शायद तुम्हें भय था कि मैं कहीं शहर में आकर खो न जाऊँ। अब तो मेरी चिट्ठी पाकर तुम्हें यकीन हो जाएगा न कि मैं गुम होने वाला नहीं हूँ। वैसे उस वक्त तुम्हारा डर वाजिब भी था, क्योंकि मैं केवल तेरह बरस का नासमझ था। अब मैं पूरा पौने अठारह का हो गया हूँ, दद्दू। बल्कि जब मैंने डाक्टरों को अपनी सही उमर लिखाई तो उन्होंने यकीन ही नहीं किया। कहने लगे कि मैं पैंतीस-चालीस का लगता हूँ। वैसे इस शहर में उमर की तरफ न जाने क्यूँ सबका ध्यान रहता है। शुरू-शुरू में चाचा कल्ले मेहतो मुझे काम दिलवाने कई घरों में ले गये तो यह कहकर मना कर दिया कि उन्हें मुझ जैसा बड़ा लड़का नहीं चाहिए, उन्हें तो 'छोटू' चाहिए। मगर फिर भी काम तो मुझे मिला ही। चाँदनी चौक में एक सेठ बीमार थे। यह वही चाँदनी चौक है, दद्दू, जिसके बारे में तुम बताया करते थे कि यहाँ रात में भी दिन जैसा चाँदना रहता है। हाँ तो सेठ जी ने सेवा-शुश्रूषा के लिए मुझे रख लिया, रोटी-लत्ते पर। तनखा तो तुम जानो, मेरा काम देखकर ही तय कर सकते थे वो। मैंने भी खूब काम करके दिखाया। चूँकि मुझे इन लोगों का दिल जीतकर तनखा बँधवानी थी, सो मैं दूसरे कामों को भी मना नहीं करता था। घर के दूसरे सदस्य भी मुझे खूब काम देकर इस मामले में मेरी मदद किया करते थे। सेठजी का सारा परिवार औरों के मुकाबले काफी दयालु भी था। दूसरे मालिक तो नौकरों को बात-बात पर, कभी-कभी बिना बात पर भी पीट देते हैं, परन्तु मुझे तो बिना बात के कभी हाथ तक न लगाया। जहाँ तक मुझे याद है मेरी ही गलतियों पर इन्होंने मुझ पर हाथ उठाया। दद्दू, एक बार तो मुझसे

बहुत बड़ी गलती भी हुई थी। इन लोगों को खुश करने के स्वार्थ से मैं खुद बीमार हो गया। सेठ जी को दवा न पिला सका, और न ही उनके पैर दबा पाया। बताइए, सेठानी मुझे न पीटती तो क्या करती। यह बुखार भी हम जैसों को क्यों चढ़ता है, दद्दू ? हमें तो बहुत काम रहता है न। खैर, कुल मिलाकर मेरा अच्छा वक्त गुजरा यहाँ। मगर किस्मत खराब थी अपनी। जिस काम के लिए मुझे उन लोगों ने रखा था, बेदर्द भगवान ने वही खत्म कर दिया। सेठ जी को डाक्टर-हकीम बचा न सके। अब तो सेठानी मुझे कम्बख्त, कलमुँहा कहकर पुकारती या न पुकारती, सेठ जी तो लौटकर आने न थे। सेठ जी जिन्दा होते तो मेरी तनखा जरूर बँध जाती। खैर, मैं भी आखिर तुम्हारा पोता जो ठहरा। हिम्मत नहीं हारी। चाचा कल्ले तो न जाने कहाँ गायब हो गए थे, सो एक कोयले की टाल वाले, जिसके यहाँ से मैं सेठ के घर का कोयला लाया करता था, की मदद से मुझे एक विधवा बुढ़िया के घर नौकरी मिल गई। टाल वाला मुझसे बहुत खुश रहता था। जब भी वक्त मिलता था मैंने कोयला ट्रक से उतारने, ग्राहकों के लिए कोयला तौलने आदि में मदद की थी।

बुढ़िया ने मुझसे पहले ही पूछ लिया था कि या तो मैं एक सौ बीस रुपया माहवार ले लूँ या केवल रोटी-लत्ता। एक कोठरी, जिसमें विधवा के पति मुर्गी पाला करते थे, मुझे रहने को इन्होंने दे दी थी। मुझे ख्याल आया कि अगर मैं रोटी-लत्ते के लालच में पड़कर खुदगर्जी करने लगा तो मुझ-सा कमीना दूसरा नहीं। सोचा, हर महीने कुछ न कुछ पैसा बचाकर इकट्ठा करके दद्दू को जाकर दूँगा। इसीलिए पैसे लेना मैंने ठीक समझा। अब मैं रोज एक ढाबे में पौने दो रुपए के चावल-दाल रात को खा आता। सुबह की चाय तो मालकिन मुझे दे ही जाती थी। बिल्कुल मुफ्त।

इस तरह मेरे तीन-चार महीने गुजर गए। मगर एक दिन जब मैं नलके पर बर्तन साफ कर रहा था तो मालकिन की छोटी लड़की पूछने लगी मैं कहाँ का रहने वाला हूँ, मेरा असली नाम 'बहादुर' ही है या और कुछ, मैं आगे पढ़ा क्यूँ नहीं, वगैरह-वगैरह। बस तभी मालकिन ने मुझे जोर से डाँटा और लड़की को भी अंग्रेजी में न जाने क्या-क्या कहा। आखिर

में मुझे कहा गया कि मैं अगले दिन से काम पर न आऊँ। उस महीने के बकाया पैसे मैंने माँगे नहीं, तो वे देते कैसे। मैंने महीना पूरा किया न था, सो मैं पैसे माँगता किस मुँह से। तुम पूछोगे कि मैंने पूछा क्यों नहीं कि काम पर क्यों न आऊँ। दद्दू, जब कोई वजह ही नहीं हो तो मैं अगर पूछता भी तो वे क्या जवाब देतीं ? हो सकता है, बुढ़िया ने सोचा हो कि नाहक एक सौ बीस का खर्च है, काम तो लड़कियाँ भी कर सकती हैं, उसी तरह, जैसे गाँव में सब लड़कियाँ करती हैं। मगर नहीं, ये लड़कियाँ गाँव की लड़कियों जैसी नहीं हैं, दद्दू। ये फर्राटेदार अंग्रेजी बोलती हैं। कुछ भी हो, दद्दू मुझे छोटी वाली लड़की सचमुच अच्छी लगती थी। उसे देखकर मुझे सल्लो दीदी की याद हो आती थी। सल्लो अब तो 14-15 बरस की सयानी हो गई होगी। मुझे याद करती है कि नहीं ? वह मुझे तो बहुत याद आती है। उसकी शादी मेरे पीछे से मत कर देना, बल्कि दूल्हे को भी पहले मैं ही देखूँगा।... दद्दू, मुझे तुम भी बहुत याद आते हो।··· अरे, मैं तो बहक ही गया। आगे तो सुनो। मुझे उसके बाद कुछ दिन तक निठल्ला रहना पड़ा। मैंने कुछ पैसे बचा रखे थे, तुम्हारे वास्ते, उन्हीं से काम चलाना पड़ा। मगर यह निठल्लापन भी बड़ा काम आया। फुटपाथ पर अपनी जगह मुकम्मल करने में इसी दौरान तो मैं कामयाब हुआ। मालूम है दद्दू यहाँ फुटपाथ यानि पगडंडी पर भी लोगों के अपने-अपने दावे होते हैं। कई दिन तक तो मैं अच्छी तरह सोने लायक जगह भी न बना सका। बस, राम की करनी, एक दिन एक फुटपथिया फुटपाथ पर ही मर गया। मेरे देखते-देखते। एक बार कै हुई थी उसे, बस अगले ही पल ढेला-सा पिघल गया उसका। उसे कमेटी वाले ज्यों ही उठाकर ले गए झट से मैंने अपना थैला वहाँ लगा दिया। अब यह जगह अदद अपनी है।

घरों में नौकरी पाने की मैंने फिर कोशिश की। परन्तु मैं दिन-पर-दिन उमर के लिहाज से पकता जा रहा था, सो देखते ही लोग बिदक जाते थे। सोचते होंगे कि मैं बहुत रोटियाँ खा जाता हूँगा। (यह तो तुम्हें हँसाने के लिए लिख रहा हूँ, दद्दू, असली वजह का तो मुझे मालूम ही नहीं है।)

हार कर कई दूसरे फुटपाथी साथियों की तरह मैंने भी रिक्शा चलाने की सोंची। रिक्शा मालिक भला मुझ अजनबी को अपनी कीमती रिक्शा बगैर जमानत के कैसे सौंप देता। रिक्शा का मालिक बड़ा भला आदमी था। उसने दो सौ रुपए एडवांस माँगा। एडवांस जानते हो, दद्दू, क्या होता है ? आने पर बताऊँगा तुम्हें। ख़ैर, मैं पैसे कहाँ से लाता ? आखिर उसी ने सुझाव दिया कि मैं लगातार एक महीने तक अपनी पूरी बचत उसके यहाँ जमा कराता रहूँ–जिसमें से अपनी जमानत काटकर वह बाकी लौटा देगा।

अब, दद्दू, मैंने भी एक महीना तक खूब ईमानदारी से कमाकर उसे दिखाया। मैं अब निश्चिंत हो गया था–फुटपाथ पर जगह हथिया ली थी, और कमाने के लिए रिक्शा। पर किस्मत के आगे बंदा कर भी क्या सकता है, दद्दू ? रिक्शा पर कमाने का नया-नया शौक था। रिक्शा चलानी अच्छी तरह आयी न थी, और ऊपर से वो शराबी ट्रक वाला, मैं तो बच गया लेक़िन रिक्शा का कचूमर निकाल गया। लेकिन भला हो रिक्शा मालिक का। चाहता तो वह मुझे कोई भी सजा दे सकता था, परन्तु उसने कहा कि मैं उसकी रिक्शा की कीमत पूरी होने तक पन्द्रह रुपये रोज की बजाय तीस रुपये रोज उसे शाम को दूँ, तो वह नया रिक्शा मुझे दे देगा। तुम तो जानते हो कि रोजी बची, लाखों पाए।

मैंने ठान लिया था कि रिक्शा मालिक ने भलमानसहत बरती है तो मैं भी पूरी वफादारी से कमाकर उसे रोज 30 रुपये दूँगा। सुसरी ये रिक्शा भी बड़ी महँगी आती है। इतने में तो एक भैंस और एक बकरी साथ आ जाएँ। ढाबे के खाने और दिन-रात की मेहनत से मेरी खाँसी जगह पकड़ गई। यहाँ खाँसी-दमा हरेक फुटपथिए को था, मगर ताज्जुब की बात ये कि वे लोग इतना परेशान न थे, जितना अक्सर मैं रहा करता था। इसकी वजह रनकू कबाड़िया ने मुझे क्या बताई कि मेरी सारी परेशानी दूर हो गई। उसने मुझे एक सफेद पाउडर का धुआँ नली द्वारा साँस में खींचने की हिदायत दी। बस, एक बार तो अजीब-सा लगा, परन्तु फिर तो मैं हवा में उड़ने लगा। अब तो मुझे खाने-पीने तक की जरूरत महसूस न होती थी। होश ही नहीं रहता था। बस सोने से पहले एक दम लगा लेता,

और सब ठीक-ठाक। हालाँकि मेरी खाँसी दूर होने की बजाय खूनी खाँसी में तब्दील हो गई, और मेरे शरीर की पसलियाँ भी बजने लगीं परन्तु इसका एक दम मारने से पुनः नई ताकत आ जाती थी। मगर दद्दू, ऐसी बढ़िया चीज तुम समझ सकते हो, कि सस्ती तो होगी नहीं, ऊपर से मुझे कमा-कमा कर रिक्शा मालिक को भी देना था। कुछ भी हो, हिम्मत तो मैं बाद तक भी नहीं हार रहा था मगर मेरा दिमाग तपेदिक के अन्देशे वाली बात बर्दाश्त न कर सका। इसके नाम से ही मैं थर्रा गया, सो मैं अब हस्पताल में हूँ इसी की जाँच और, यदि ये पाया गया, तो इलाज के लिए भी। डाक्टर बड़े अच्छे हैं यहाँ। उन्होंने यकीन के साथ कह रखा है कि जब भी नम्बर आएगा, मेरा इलाज हो जाएगा, और जरूरत हुई तो एक अदद बिस्तर भी मिल जाएगा। तब तक यहाँ का फर्श भी फुटपाथ से अच्छा है। शरीर में ज्यादा चलने-फिरने की भी तो ताकत नहीं है। खैर, तुम फिक्र न करना, दद्दू। मुझे यहाँ ढूँढ़ने आने की जहमत और खर्चा मत करना। डाक्टर खुद काफी ईमानदार हैं। वे मुझे जल्दी ठीक कर देंगे। फिर यह पत्र मैं आपको लिख ही रहा हूँ। यह दो-चार दिन में तुम्हें मिल जाएगा। तब तक उम्मीद है मेरा इलाज हो जाएगा। बस पीछे-पीछे मैं भी चला आऊंगा। हाँ, तुम्हारे दिमाग में यह सवाल जरूर उभरेगा कि मैं इतने बरसों में पहली बार चिट्ठी क्यों लिख रहा हूँ ? असल में, दद्दू मैं चाहता था कि अगर शहर में कुछ बनकर ही लिखूँगा और तुमसे मिलूँगा तो कितनी खुशी होगी तुम्हें, फूलकर कुप्पा हो जाओगे तुम। अब चूँकि हस्पताल का मामला है और कुछ भी हो सकता है, इसलिए इत्तला देना मुझे जरूरी लगा। और फिर आजकल, दद्दू, तुम्हारी कुछ ज्यादा ही याद आती है मुझे। कहीं ऐसा तो नहीं कि बीमारी के कारण घबरा रहा हूँ मैं। खैर, तुम नहीं घबराना, मैं जरूर आऊँगा। और हाँ, हिसाब करने पर रिक्शा मालिक से मेरे दो-तीन सौ रुपये निकलेंगे। देखना, तुम्हारे और सल्लो के वास्ते क्या-क्या लाता हूँ मैं। रात काफी घिर आई है, इसलिए राम-राम, दद्दू, और सल्लो को मेरा प्यार कहना और मेरी बीमारी के बारे में उसे न बताना।

मन की नदी

एक बार।

'आ... आप··· आपका।' उसने हाथ फैलाकर कहना चाहा।

उत्तर में एक बेलाग मुस्कराहट।

'उफ्··· !' वह लजाया। लगा, सब उसे ही देख हँस रहे हैं। महसूसा, उसकी बगलों में पसीना है, होठों पर पपड़ी जम गई है और धड़कनें असहज हैं।

सहसा उसे ध्यान आया कि 'वह' मुस्कराई थी। गोया, अर्थ यह है कि···।

वह सरपट दौड़ा। घर की ओर। घुसते ही माँ से टकराया। उसे बाहों में संभाला और सस्नेह आलिंगन किया। और अंदर भागा तो पाँच वर्षीया बहन दिखी। उसे निरावेश चाँटा लगाया। वह रोई तो उसे दुलारा-पुचकारा। फिर लगा, उछल कर छत छू सकता है वह। उछला, तो छीके पर टँगा घी का कुल्हड़ फर्श पर आ गिरा। तनिक घबराया। अकस्मात् कोनें में रखा सोंटा भी दिखा, और याद आए माँ के बलिष्ठ हाथ। वह भागा। बाहर।

एक मील पर नदी। छोटी-छोटी, ऊँट के मद्दू-सी, पहाड़ियों से घिरी। नदी-तट पर पत्थरों में गरम-गरम रेती का वास्ता।

उसने कपड़े उतारे। और ये छलांग नदी में। बाहर आ रेती में लेट कर पुनः पानी में। सर्दी-वश तन पर रोम निकल आए तो बाहर आकर कपड़े पहन सूर्य की अन्तिम किरणें सेंकने लगा। सब-कुछ कितना सुखद

और रोमांचक !

ऐसे में यकायक किसी अज्ञात शक्ति का खयाल हो आया उसे। अज्ञात शक्ति··· ईश्वर··· ? प्रकृति ? शून्य ? या और कुछ ? उसने पालथी लगाई। दोनों हाथ घुटनों पर रखे। मुख, छिपने जा रहे सूर्य की ओर।··· यह क्या ! 'उसी' की छवि ? 'वही' शांत मुद्रा में, आँचल को विराट किए। केशों के माध्यम से गहनतम गुहा का दर्शन लिए। चतुर्दिक् सुवास बिखेरती।

उसके तन तले शिला है। तन सिहराती सुवासित हवा है। हवा को लहरों पे झेलता नदी-जल है।

उसने आँखें खोलीं। बंद रखे रहना असह्य था शायद। भयंकर-सा भी। अनायास नत-मस्तक हो गया वह। स्वतः मुख से शब्द फूटने लगे। एकांगी संवाद में बह जाता है वह–

'आओ, 'तुम' एक बार स्पर्श द्वारा मेरे उत्तप्त रक्त का अनुभव तो करो···।'

उसकी आँखें पुनः मिंच गईं। उसे लगा, 'उसी' की हस्ती सत्य का अस्तित्व है। 'वही' चेतना की ज्वाला है। 'वही' आनन्द दा है, स्वयं आनन्द है। वह श्वास खींचता है–' 'तुम' शिवत्व की अनुकूलता और सौन्दर्य की सारता हो, देवि !' उसके संपुट होठ हिलते हैं–'अस्त होते सूर्य की रश्मियों की अरुणाई 'तुम्हारी' ही तरुणाई का संदेश है मेरे लिए।··· आ, मैं तेरे दुर्लभ-सुखद अंक में स्थान पाना चाहता हूँ···।'

सहसा बैलों के गले की घंटियाँ बजीं। ग्वालों के गंवार संवाद गूँजे। गोधूलि बेला है।

वह लौट चला। किसानों व ग्वालों से ठट्ठा करते हुए पहली बार।

दूसरी बार।

'सुनिए, आ··· आप आप से परिचय करना चाहता हूँ मैं···।'

'···।'

'प्लीज, आप···।'

'बट आइ डु नॉट वांट !' एक टूक जवाब। अंग्रेजी में।

'लेकिन…।' शायद ओखली में सिर दे चुका था वह।

'अपनी सीमा में रहिए, समझे ?'

लौट गए 'बवंडर' के पीछे तहस-नहस 'महल' था।

वह घर की ओर बढ़ा। द्वार पर खेल रही बहन के कपोल अंजली में ले उसकी आँखों में झाँका। कुछ खोजा-सा। और मूक-भाव से वापस हो लिया। शायद नदी की ओर। हाँ, नदी की ओर ही।

नदी-जल स्वच्छ नहीं है। कीड़े बिलबिला रहे हैं। जल-गति मद्धिम है–जबरन स्कूल भेजे गए बच्चे की नाईं। हवा रूखी है। और शिला में चुभन। और 'वह' ? शिवत्व की विराटता नहीं, रौद्र की करालता है। और वह स्वयम् ? निर्दोष कैदी-सा।

'सीमा में रहिए', वह बड़बड़ाता है–'हुँः, सीमा ! प्यार की सीमा ! कहाँ है वह ? किलो, दो किलो, क्विंटल ? और फिर सीमा की भी तो सीमा होनी चाहिए। यदि अत्यधिक भोजन अनुचित है तो अत्यल्प भोजन भी तो उतना ही अनुचित है। क्या 'तुम' जानती हो कि कितने दिनों से सीमा बाँधे हुए था मैं ? नहीं न ? एक ही बार में सीमा का वास्ता दे दिया गया मुझे ! … प्यार की सीमा ! अरे, सीमाएँ तो ढोंग, अवसरवाद वगैरह की अच्छी होती हैं…।

'मुझे बिना समझे ही 'ना' कह दिया ! कुछ भी न कहा होता तो मेरे प्रति 'तुम्हारी' अनभिज्ञता समझ में आने वाली बात होती। 'ना' कहना तो मुझे अयोग्य करार देने का साफ ऐलान है। एक बार 'हाँ' कह दिया होता तो विश्वास करो मैं 'तुम्हारे' 'हाँ' को भी मितव्ययी की तरह सलीके से बरतता।'

सूर्य का आतप धीमा पड़ चुका है। देखा, पानी में एक बड़ी मछली छोटी मछली के पीछे लगी है। परन्तु इससे पूर्व कि बड़ी छोटी को पकड़ पाती, एक बगुला ही छोटी को चोंच में जकड़ लेता है। मछली छटपटाकर अन्त में बगुले के उदर में विलीन हो जाती है। वह सोच रहा है–'मानव क्या नहीं कर सका है। पदार्थ का विश्लेषण-विच्छेदन करते-करते वह पॉजीट्रान से आगे जा चुका, अन्तरिक्ष में विचरता चाँद को पीछे छोड़ चुका;

मगर विडम्बना, कि वह प्रेम पर नियंत्रण नहीं पा सका है। जिसे वह चाहता है, उसे वह पा नहीं सकता··· जो उसे चाहता है, उसे वह स्वयं नहीं चाहता। क्या सदैव प्रेम का वक्र, तियर्क, असरल रूप ही मुनासिब है ? क्या यह निरपेक्ष, स्वतंत्र, सरल हस्ती नहीं रख सकता ? क्या प्रेम रेडियोधर्मिता नहीं त्याग सकता ? ··· शायद नहीं। प्रेम तो हाथ पर रखे ईथर की मानिंद हवा हो जाने वाली वस्तु है ! निश्शेष है यह। जो शेष है, वह है, कुण्ठा, कुढ़न।'

उसने देखा, नदी किनारे एक बड़े मेंढ़क पर एक छोटा मेंढ़क बैठा है। सहसा एक साँप विद्युत-गति से झपटता है। ऊपर वाला पानी में छलाँग जाता है। नीचे वाले को साँप अपने मुँह में फँसा लेता है। मगर साँप मेंढ़क को निगल नहीं पाता है। लगता है, स्थिति दोनों के लिए असुखद है। वह उठकर कुछ करने को होता है। साँप एक ओर सरक जाता है। वह पुनः शिला पर आ बैठता है–'शिला पर बैठा मैं क्या-कुछ सोच रहा हूँ, 'तुम्हें' यह जानना आवश्यक नहीं। मैं 'तुम्हारे' लिए वही हूँ जैसे मेरे नीचे ये शिला। शिला जड़ है। शिला मेरे चिंतन का विषय होने के योग्य नहीं। शिला के साथ मेरे जीवन का कोई एकांत नहीं टकराता। मैं भी ('तुम्हारे' लिए) जड़ हूँ। 'तुम्हारे' चिंतन का विषय मैं क्योंकर हो सकता हूँ भला ! मैं 'तुम्हारे' किसी भी परिप्रेक्ष्य के दायरे में जो नहीं आता हूँ।··· और फिर, यदि 'तुम' मेरी अवस्था जान भी लोगी तो उपहास ही करोगी। ऐसे में, क्या यही पर्याप्त नहीं कि 'तुम' कम से कम मुझे जानती तो नहीं।'

उसकी निगाहों में गति आई। विचार-वृत्त तब्दील हो गया था शायद–'तुम्हारी स्वीकृति से शायद 'तुम' पर बोझ ही पड़ता–या कि 'तुम्हें' कोई विशेष इजाफा न हुआ होता। उसी तरह, जैसे मुझे अस्वीकार करके 'तुम्हारा' कोई अहित न हुआ होगा। विस्तीर्ण उद्यान में इठलाती राजकन्या के लिए आंधी में ढहा कोई वृक्ष हानि या चिंता का विषय नहीं; मगर एकमात्र वृक्ष पर आजीविता निषाद कन्या के लिए ऐसा होना मौत की मानिंद होगा।'

साँप अब भी मेंढ़क को निगल नहीं पा रहा था। लगा, दोनों ही परस्पर तंग हैं। परन्तु निर्णायक स्थिति नहीं हो पा रही थी। वह अब भी शिला पर जमा है–'मेरे प्रति 'तुम्हारा' संकोच चेतन-अवचेतन में उद्भूत विभिन्न

संभावनाओं-असंभावनाओं के कारण हुआ क्या ? अरे, कुछ देने से पहले ही पाने न पाने का तुला ले बैठी !···

'मेरे प्रेम के स्वरूप के प्रति आशंका पैदा हो गई थी क्या ? तो सुन, मेरा प्रेम सात्विक भी होता, तामसिक भी; गहन भी होता, विरल भी; ऐहिक भी होता, अलौकिक भी; दैहिक भी होता, वायवी भी··· और···। कुछ भी होता, पुरुष-प्रकृति के संबंधों से परे न होता।

'क्या 'तुम्हारा' डर सामाजिक था ? तो सुनो, समाज नहीं सोचता। ये तो हम सोचते हैं कि समाज सोचता है। उसका सोच हमारे सोच की ही प्रतिकृति होता है। हमारा परमार्थ हमें निःसंकोच कर देता है। हमारे साधन व साध्य के विकृत मूल से ही आशंका व भय का उद्भव होता है।··· सुनो, 'तुम्हारी' व मेरी अवस्था में अन्तर है। मुझे यकीनन 'तुम' से स्नेह है। लिहाजा मेरे संकोच के बंध को प्रेम-प्रवाह ने तोड़ दिया है। 'तुम' में यह प्रवाह पैदा ही नहीं हुआ, अन्यथा शंका कब की बह गई होती।'

मेंढ़क का क्रंदन समाप्त हो गया था। या तो वह सर्प का उदरस्थ हो गया था, या स्वतंत्र। साँप ने सादे भाव से पानी में प्रवेश किया।

उसके मुख पर एक व्यंग्यात्मक स्मित-रेख उभरी–'मैं भी मूर्ख हूँ। अपने भावों को थोप रहा हूँ। या कि बिन चाहत पर चाह लुटा रहा हूँ, स्वार्थ की ज्वाला में 'तुम्हारी' सुविधा-असुविधाओं को स्वाहा करने की धृष्टता कर रहा हूँ, मनोवांछित जीवन जीने का 'तुम्हारा' प्राकृतिक हक छीन रहा हूँ, 'तुम्हारी' सामाजिकता को बाधित कर नैतिक अपराध कर रहा हूँ ··। कुछ भी हो, न जाने क्यों मैं यह कहने को विवश हूँ, कि मैं तुमसे प्यार करता हूँ।'

साँप पुनः बाहर आ गया था। वह ज्यों ही दो गज बाहर आया, एक मोर ने उसे उठा लिया–इतनी त्वरता से, कि पता ही न लगा कि पंजों का योगदान कितना था और चोंच का कितना।

उसके चेहरे की लकीरें कुछ सीधी हुईं–'वैसे, प्रथम दिन 'तुमने' कोई प्रतिवाद न करके मुझे जो प्रेम (भ्रम) का लाभ दिया, वो क्या कम एहसान है मुझ पर ? जो जितना साथ निभा दे, समानुपात में उतना एहसान ही

तो होता है !'

कस्बे में बजतीं मंदिर की घण्टियाँ सुनाई देनी शुरू हो गई हैं। सूर्य ने अपना रथ अस्ताचल के पार छिपा दिया है। पहाड़ी के उस पार से रक्तिम किरणें अन्तिम बार झाँक रही हैं।

वह स्वयं को किंचित् हल्का-सा महसूस करता है।

मंदिर की अन्तिम घंटी बजी। यही वक्त है जब उसकी माँ रूठी हुई उसकी बहन को गाय का कच्चा दूध दे मनाती है। इसी वक्त उसकी माँ उसके दिवंगत पिता के चित्र के समक्ष जोत भी जलाती है। इसी वक्त वह भी दो पैसे के लिए दो बच्चों को घर पर ट्यूशन पढ़ाता है, या रोजगार पाने के लिए अनेक उपक्रम करता है। इसी वक्त आज वह बेजान-सा बेजान शिला पर बैठा है।

यकायक उठकर वह घर की ओर मुँह कर लेता है। कदम उठाने से पूर्व अन्तिम बार उसके होंठ हिलते हैं। उसे नहीं मालूम कि उसके होंठ क्या कहना चाहते हैं।

परेशान परेश

किराए का मकान ढूँढ़ते-ढूँढ़ते शाम हो चली। पर मिला नहीं। वाकई मलंग को मकान देते लोग डरते हैं। चाहता था मकान एकांत में हो जहाँ निर्बाध हो, मैं बेहतर नौकरी के लिए तैयारी कर सकता।

पस्त होकर मैं पुस्तकों के थैले व एयर बैग को जमीन पर टिका कर पगडंडी पर ही बैठ गया ताकि चैन से सोच सकूँ कि रात कहाँ बितानी है। पूरे शहर में मेरा परिचित कोई न था।

बदन के साथ-साथ सोच भी थक गई थी। रह-रहकर मेरी सोच भी मेरे पस्त घुटनों के इस प्रस्ताव का समर्थन कर रही थी कि फुटपाथ पर ही बस्ते का तकिया बनाकर सोया जाए। इसी जद्दोजहद में था कि आवाज सुनी–'हैलो, यहाँ कैसे ?'

देखा, एक व्यक्ति था। उसका नाम तो मैं नहीं जान पाया था पर इतना अवश्य जानता था कि वह उसी दफ्तर में काम करता था जहाँ आज ही मेरी नियुक्ति हुई थी। मैं झेंप गया, मैंने दिक्कत बतानी न चाही। सोचा, मेरा सीनियर है, ये क्यों मेरे मामले में रुचि लेगा। इतने में वह स्वयं बोला–'मेरा नाम परेश है, परेश लाम्बा, मैं तुम्हारे ही दफ्तर में··· ।'

'मैं जानता हूँ', मैंने कहा। फिर एक मौन हमारे दरम्यान रहा। मैं फिराक में था कि महाशय टलें और मैं कुछ सोचूँ। पर उसी ने मौन भंग किया–'लगता है, नए हैं शहर में··· ।' मुझे लगा, व्यंग्य कर रहा है वह। मैं बोला–'नहीं, ऐसा है कि··· ।'

'मुझे भी शुरू में यही दिक्कत हुई थी,' उसने बीच में बात तोड़ी–'जब तक इंतजाम न हो, क्यों नहीं आप मेरे साथ रह लेते ?'

मैं मौन रहा। मैंने सोचा, कुछ बात है जो नाहक यह मुझमें रुचि ले रहा है। वह पुनः बोला–'चलिए, बशर्ते आपको ऐतराज न हो।'

'देखी जाएगी' के भाव में मैं उसके साथ हो लिया।

रास्ते में उसने मात्र नाम पूछा था मेरा।

एक तंग गली में दूसरे तल्ले पर परेश ने एक जर्जर-से कमरे का ताला खोला। गली व कमरे को देख मुझे घुटन-सी हुई। अंदर एक चारपाई लगी थी। एक कुर्सी व एक स्टूल भी था। बालकनी पर चंद कपड़े टँगे थे।

'बैठिए, कमरा अच्छा तो नहीं लगेगा, मगर···।'

'नहीं, अच्छा है।' मैंने तकल्लुफ किया।

'बस्ते में किताबें लिये हो, किसी प्रतियोगिता की तैयारी कर रहे हो ?··· मैं भी जब तक उमर रही ऐसा ही करता रहा, मगर जहाँ था, वहीं रहा।' परेश बोलता चला गया। मैं थका था, मात्र 'हाँ', 'हूँ' करता रहा।

'अच्छा ऐसा है, मैं तो खा चुका, आपको खाना खाना हो तो जरा बाहर चलना होगा। अकेली जान हूँ, खुद बनाना बखेड़ा लगता है।'

मुझे भूख तो थी, पर बाहर जाने की हिम्मत न थी। मैंने कहा–'नहीं, बस मैं आराम करूँगा।'

अगले दिन दफ्तर जाने से पूर्व परेश हिचकते हुए बोला–'हो सके तो तुम मेरे साथ ही रह लो···।' मैं सोचने लगा कि परेश अकेला मकान का किराया न झेल पाता होगा, सोचता होगा कि मेरे साथ आधा बाँट लिया करेगा। इसी बीच परेश बोला–'···ये मत सोचना कि मैं आधा किराया माँगूँगा ·· बस, मेरा अकेलापन दूर हो जाएगा···।' फिर मुझे असमंजस में देख तुरंत बोला–'हाँ, जब तुम्हारा दिल करे चले जाना, मैं रोकूँगा नहीं।'

मैं परेश के आग्रह को टालने की ढीठता न जुटा सका, बावजूद इसके कि मैं आशंकित था कि हो न हो कुछ बात अवश्य है।

पूरा सामान मैंने कमरे में जमा दिया। परेश ने एक फोल्डिंग बेड

मेरे से खरीदवा दिया था, और एक वाजिब लैम्प भी, पढ़ने के लिए।

सिविल सेवा परीक्षा शुरू होने में मात्र दो महीने थे। नई-नई नौकरी थी, छुट्टियाँ क्रेडिट में न थीं। परेश ने अभय दान दिया कि मैं बिना वेतन अवकाश लेकर पढ़ूँ, बाकी वह सँभाल लेगा। मेरा मन आशंकित रहता। मैं सोचता कि आज जमाने में इतनी नेकी कहाँ है। लोग भलमनसाहब फकत इस गरज से दिखाते हैं कि वक्त पर बाद में कोई काम निकाला जाए।

परेश दफ्तर से देर रात लौटता। मुझे उसकी बात ठीक न लगी। मैंने सोचा, जरूर दाल में कुछ काला है, जो यह मुझे अकेले घर में बैठाकर खुद रात को देर से लौटता है। एक दिन मैंने यह मसला उठाया तो उसने मेरे पास बैठकर स्नेह भाव से कहा–'अरे, मैं तो इसलिए देर से आता हूँ कि इस छोटे-से कमरे में मेरी उपस्थिति तुम्हारी पढ़ाई में बाधा न बने। ··· और, पता है, मैं कहाँ वक्त बिताता हूँ ? ··· एक चाय की दूकान पर। खैर, मैं जल्दी आ जाया करूँगा। तुम्हें बोरियत होती होगी, पर मेरा मत है कि अभी सब्र करो, बातें तो बाद में भी हो जाएंगी।'

परेश बना रहा है, मैंने सोचा। लोगों के पास मीठी बातों का इतना जमाखर्च होता है कि ढीठ भी यकीन करने लगें।

परेश समय पर आने लगा। हाथ से खाना भी बनाने लगा। सुबह मुझे चाय बनाकर देता, बाद में नाश्ता भी। मैं हाथ बँटाने के लिए कहता तो वह कहता कि पढ़ाई के साथ ये भी काम करने हैं तो मैं गलती पर हूँ जो बलात तुम्हें साथ रखे हूँ।

मैं सोचता कि कोई आला दर्जे का स्वार्थ है जो परेश मेरे लिए इतना कुछ किए जा रहा है–इस तरह का देवत्व है ही कहाँ आज !

एक दिन परेश खाना खाते हुए बोला–'रमेश, मेरा वजन दो किलो बढ़ गया है। असल में, ढाबे पर खाते-खाते आँतें रबड़ हो गयी थीं। तुम्हारे आने से दो लाभ हुए हैं–पहला तो ये कि मेरा मन लग गया है, वरना शहर में अकेला था मैं, दूसरा ये कि घर पर खाना बनाने-खाने में आनन्द आने लगा है।

एक दिन परेश के दफ्तर से लौटने पर मैंने उसे खत थमाया। उसे

पढ़ने के बाद वह गंभीर होकर छत ताकने लगा, एकटक।

'किसकी चिट्ठी है ?' मैंने पूछा।

'मां की। गांव से।'

कुछ देर हमारे बीच मौन रहा। 'कोई बात है ?' मैंने पूछा। परेश मानो सोते-से जागा। सहज होने का यत्न करते हुए बोला, 'खास नहीं है·· भाई है न··· तनिक सुधर जाए तो···।'

'क्या करता है वह ?' मैंने पूछा।

'कुछ नहीं, गाँव के लफंगों की सोहबत में आवारा हो गया है···।'

'और कौन है गाँव में ?'

'बस, विधवा माँ है।'

'गाँव में काम धाम ?'

'जमीन तो है नहीं, माँ नोन-तेल की दुकान चलाती है।'

'यहाँ क्यों नहीं ले आते उन्हें ?'

'कहाँ ? इस कमरे में ! क्लर्की में बेहतर कमरा मुनासिब भी नहीं। फिर माँ का शहर की घुटन में दिल भी घबराता है। मेरी माँ गाँव के पुश्तैनी मकान की कायल भी बहुत है।'

'काम ठीक चल जाता है ?'

'बस चल ही रहा है। दो सौ रुपए मैं जैसे-तैसे करके भेज देता हूँ।·· बचत कुछ नहीं है। कोई घर में बीमार हो जाए तो इलाज उधार करवाना पड़े।' वह तनिक हँसा–'बीमार न पड़ जाना, समझे ?'

मैं अलबत्ता गंभीर था–'बहनें भी हैं ?'

'थी, एक बहन।' परेश रुक गया। फिर शायद ये सोचकर कि मैं जिज्ञासावश पुनः इस संबंध में पूछूँगा, उसने बताया–'उसे दहेज लोभी ससुराल वालों ने··· आइ हेट डावरी···।' उसने एक लम्बी साँस ली और सिर झटका–'छोड़ो, तुम पढ़ो।'

मुझे जमकर तैयारी करनी थी। सो मैंने की। इस बीच मैं परेश के व्यक्तित्व व चरित्र के प्रति अपने सोच को नए-नए आयाम देता रहा। परेश की बिल्कुल भी टेढ़ी न दिखने वाली जीवन-पद्धति मुझे अंतर्विरोधात्मक

विचारों से भर देती थी। मैं स्वयं से लड़ने लग जाता था। परेश अलबत्ता नाक की सीध में जी रहा प्रतीत होता था। वह जल्दी उठता। शौच से निवृत्त हो छत पर टहलता। नीम की दातुन तोड़ मुंडेर पर बैठ काफी देर तक इसे मुँह में चबाता रहता। साथ में किसी गहरे सोच में इस कदर डूब जाता कि ड्यूटी का वक्त याद दिलाकर मैं ही चेताता। शाम को आकर वह खाना बनाता या कपड़ों पर साबुन घिसने लग जाता।

परेश अंतरंग बातें बहुत कम करता था। हाँ, एक बार उसने जिक्र किया था–'किसी तरह छोटे भाई की राह बैठ जाए तो फिर हम भी सोचें खुद के भविष्य के बारे में।'

'आप बड़े हैं', मैंने कहा था–'छोटे का भी बाद में हो जाएगा···।'

'रमेश, गृहस्थी अतिरिक्त ऊर्जा माँगती है।' परेश गहराई से विचार निकाल रहा था–'मेरे पास ऊर्जा सीमित है। खुदा न खास्ता अगर मुझे गृहस्थी ने आत्मस्थ बना दिया तो भाई के सुधार की गुंजाइश बिल्कुल समाप्त हो जाएगी। और फिर मेरी गृहस्थी की समस्या बड़ी नहीं है। किसी भी गरीब की बेटी को तीन कपड़ों में ले आऊँगा, बस गृहस्थी बस जाएगी।' कुछ देर सोचता-सा वह चुप रहा फिर मुझे डांटता हुआ-सा कहने लगा–'अरे, तुम गृहस्थी-विरस्थी के चक्कर में कहाँ पड़ गए ! पढ़ो, एक सप्ताह बाद तो परीक्षा है, मैं नहीं चाहता कि तुम किसी अन्य अवसर के भरोसे इस अवसर को ढीला छोड़ दो।'

कैसा व्यक्तित्व है परेश ! कई बार मेरा मन कहता कि मैं खुद ही ढीठ हूँ जो परेश की नेकी पर नाहक आशंकाओं को कठोरता के साथ ताने हूँ। मेरा दूसरा मन कहता कि मैं कोई परेश की फूफी का बेटा तो हूँ नहीं। इतना तो कोई सहोदर के लिए भी नहीं करता। जरूर कोई गहरी स्वार्थपूर्ण भावना परेश की काम कर रही है उसके पूरे उपक्रम के पीछे। मेरा तार्किक मन यहाँ तक सोचता कि हो सकता है कि परेश को मुझमें अच्छी संभावनाएँ नजर आती हों। और उसने सुदूर भविष्य की सोच रखी हो कि मेरे बड़ा अधिकारी बनने के बाद वह मुझसे इस पूरे एहसान के एवज में कोई बड़े काम निकलवाए।

परीक्षाएँ समाप्त हो गयीं। मैंने परेश से कहा–'देखिए, मैं अब तक आप पर भार रहा, अब और मुझे गवारा नहीं…।'

'बड़े स्वार्थी हो तुम !' परेश ने पहली बार खुलकर हास किया। फिर सहसा आहत-सा होकर बोला–'जैसी तुम्हारी मरजी, रमेश। मैं तो चाहता हूँ कि जब तक मुनासिब हो तुम मेरे संग बने रहो। अब तक तुम्हारे साथ के लिए मैं कृतज्ञ हूँ। मेरा अच्छा वक्त गुजरा। अब महज स्वार्थ के लिए मैं तुम्हारी चेष्टा व इच्छा को संकुचित नहीं करना चाहता। रिजल्ट आए तो खबर देना। मेरी शुभकामनाएँ तुम्हारे साथ हैं।'

मैं परेश की कुछ बातों पर रो तक सकता था। पर मेरा मन उसके 'रिजल्ट आए तो खबर देना' वाक्य पर पुनः खबरदार हो गया। बहरहाल, न मालूम किन भावों व किन परिस्थितियों का कितना योगदान रहा, मैंने अलग मकान ले लिया।

विभिन्न परीक्षा-प्रक्रिया के बाद मेरा आई. पी. एस. के लिए चयन हो गया। मौजूदा आफिस छोड़ने से पूर्व एक चाय-पार्टी का आयोजन मेरी विदाई के उपलक्ष्य में किया गया। इसमें परेश भी शामिल था।

पार्टी के दौरान मैं निरंतर आशा लगाए था कि परेश अभी अपनी डायरी व कलम निकालेगा और मेरा पता नोट करेगा। पार्टी खत्म हो गयी। मैंने दफ्तर छोड़ दिया, मगर परेश ने उसी पुराने सहज रूप में मुझ से बर्ताव किया। मेरा पता वगैरह उसने नोट नहीं किया।

ट्रेनिंग पूरी होने के पश्चात् मैं परेश से मिला। परेश ने पहले मेरी सुनी, फिर पूछने पर बताया–'छोटे भाई को एक छोटी-सी नौकरी दिला दी थी और शादी भी कर दी थी ताकि जिम्मेदारी पड़ेगी तो कमा-खा लेगा, औरत का संसर्ग मिलेगा ठीक हो जाएगा। माँ को भी आराम हो जाएगा। मगर सब पांसे उल्टे पड़ गए। छोटा भाई तो जो था, था, मगर बहू भी अड़ियल मिजाज की मिल गयी। आए दिन झगड़ते हैं, परस्पर मारपीट करते हैं। मियाँ-बीवी का झगड़ा कहकर मुझे तो पहले ही दुत्कार दिया गया है। उधर बहू के घर वाले मुझे ही दोष दे रहे हैं कि 'बिन दहेज के ब्याह'

के नाम पर मैंने उनकी लड़की को अपने निकम्मे भाई के पल्ले बँधवा दिया है। उनका तर्क ये है कि मेरे भाई में कोई गंभीर कमी है, नहीं तो बिना दहेज के लड़के का रिश्ता कौन लेता है…।' परेश ने अपना निचला होंठ काटा और कुछ देर बाद पुनः कहा–'मानता हूँ मेरा भाई भी अच्छे स्वभाव का नहीं है, परन्तु उसकी शादी और दहेज का ये ताल्लुक बैठाया जाएगा, यह मुझे मालूम न था…।'

परेश को इतने विस्तार से बोलते पहली बार देखा। घर-गृहस्थी का मामला था, मैंने ज्यादा रुचि न ली। परेश ने निरपेक्ष भाव से मुझे उस दिन भी विदा कर दिया और मेरे अते-पते के बारे में कोई चेष्टा नहीं दिखाई।

कोई डेढ़ बरस बाद मेरी पोस्टिंग संयोगवश उसी जिले में हो गई थी जिसमें परेश का गाँव भी पड़ता था।

नई-नई पोस्टिंग थी। मैंने थानों का निरीक्षण-अभियान छेड़ा। एक थाने में पहुँचकर जब मैंने उन गिरफ्तार अपराधियों से मुलाकात की, जो जमानत की प्रतीक्षा में थे, तो एक दढ़िल व मरियल-सा जाना-पहचाना-सा चेहरा दिखाई दिया। मद्धिम-सी स्मृति ने मेरा तनिक साथ दिया तो मैं एकाएक कह उठा–'परेश, तुम यहाँ।'

परेश ने मुस्कराहट के नाम पर दो तरेड़ें अपने चेहरे पर बिखराईं। बोल कुछ न पाया वह। इंस्पेक्टर ने मुस्तैदी से आगे आकर मुझे बताया–'सर, यह दहेज हत्या के मामले में गिरफ्तार हुआ है।'

'दहेज हत्या !' मेरी आँखें सिकुड़ गयीं–'ये मैं क्या सुन रहा हूँ, परेश ?'

'इंस्पेक्टर ठीक कह रहे हैं, ए. एस. पी. साहब', परेश ने पीड़ा और अस्त-व्यस्त दाढ़ी से लिपटे चेहरे को मुस्कराहट में फैलाने की कोशिश की। उसके उसी संकुचित व्यवहार पर मुझे गुस्सा आया। मैंने तिलमिलाकर कहा–'ए. एस. पी. नहीं, रमेश हूँ मैं, बताओ मामला क्या है ?'

परेश चुप।

मेरे संकेत पर पुलिस स्टाफ मुझे परेश के पास अकेला छोड़ गया। मैंने परेश के निकट जाकर उसके कंधे पर तसल्ली भरा हाथ रखा। उसने

मेरी आँखों में आधा पल ताका, और फिर नजरें घुमा लीं। लगा, परेश की आँखों में आँसू हैं। मैंने रोने का उसे भरपूर मौका दिया ताकि वह हल्का हो जाए। उसे खुलकर रुलाने के लिए अतिरिक्त सहानुभूति की आवश्यकता थी, जो मैंने उसे दी–'देखो, परेश मैं तुम्हारे साथ हूँ। सच क्या है, मैं जानना चाहता हूँ, जो होगा, मैं करूँगा। मुझे मालूम है कि तुम जैसा व्यक्ति ऐसा काम नहीं कर सकता···।' इतना सुनना था कि परेश की हिचकियाँ बँध गयीं। एक वक्त था जब परेश मुझे बच्चे की तरह प्रेरित-प्रोत्साहित करता था। आज वह स्वयं एक अबोध बालक लग रहा था।

कुछ देर मैंने मौन रहना ही बेहतर समझा। फिर परेश ने स्वयं को सँभाला और बताया–'अब तो तुम्हें ए. एस. पी. कहूँ या रमेश, फर्क कुछ न पड़ने वाला है···।' सुनकर न जाने क्यों मेरे अंतरमन में एक हिलोर-सी उठी। लगा, मैं भी रो पड़ूँगा। मगर मैंने जैसे-तैसे स्वयं पर नियंत्रण बनाए रखा।

'ऐसा क्यों सोचते हो ?' मैंने कहा।

'कानून ही ऐसा है। न सोचने से भी क्या होगा ? मामला दहेज हत्या का बनाया है। तुम तो जानते हो कि कानून के मुताबिक अगलों ने मात्र नाम लिखवाकर सब कानूनी औपचारिकताएँ पूरी कर दी हैं। औपचारिकताएँ हमारी ही बच रहती हैं बस। हमें ही सिद्ध करना है कि मामला दहेज हत्या का नहीं है।'

'लेकिन यह हुआ कैसे ?' मैं ए. एस. पी. से मात्र जिज्ञासु बन गया था।

'मैंने पहले भी बताया था कि', परेश बताने लगा–'मेरा भाई स्वभाव का बहुत बढ़िया नहीं है। कुछ सुधार होता भी, तो पत्नी भी उसे आला दर्जे की अड़ियल मिल गयी। हर वक्त मायके का गुमान था। उसकी निगाह में हमने 'बिन दहेज का रिश्ता' लेकर भाई के निकम्मेपन को ही सिद्ध किया था। दोनों में झगड़े प्रायः ही रहते थे···

जिस दिन यह हादसा हुआ, मैं तो अपनी नौकरी पर था। पता लगा,

शाम का वक्त था। दोनों में तू-तू, मैं-मैं हो गयी। मेरी माँ चूल्हे पर खाना पका रही थी। पत्नी ने तैश में आकर चूल्हे से जलती लकड़ी उठा भाई पर हमला कर दिया। स्वयं को तो वह बचा गया, पर चिनगारियाँ बहू की साड़ी पर गिर गयीं, और···।'

'उसे बचाया तो जा सकता था।' मैंने तर्क दिया।

'हो सकता है, यह कोशिश अच्छी तरह न की गई हो।' उसका साफ उत्तर था।

'भाई कहाँ है ?'

'फरार है।'

'तुम कैसे फँसे ?'

'खिसियानी बिल्ली मूक खंभे को ही नोंचती है।'

'पर इससे हासिल ?'

'लड़की के घर वाले पक्के मुकद्दमेबाज निकले, और व्यावसायिक मुकद्दमाखोर भी। वे सोचते थे, मेरे पास बहुत धन है। चाहते थे कि पंद्रह-बीस हजार उनके हलक में उतार दूँ। परेश की आवाज में क्षोभ था। पुलिस तो मुझमें आज तलक संभावनाएं देख रही है।'

'फिर ?'

'मैं यहाँ हूँ··· पैसा था ही कहाँ ?'

'लेकिन अब तो वे जान गए कि उनका उद्देश्य पूरा नहीं हो सकता। अब तो मुकद्दमे में खास रुचि न होगी उनकी। और 'वादी' के रुचि न लेने पर मुकद्दमा स्वतः खारिज-सा हो जाता है।'

'ए. एस. पी. साहब, पहली बात तो यह कि उन्हें रुचि लिवाना अब पुलिस की गरज है, जो ये बखूबी निभा रही है। दूसरे, शायद आप नहीं जानते कि दहेज मामलों में 'वादी' की खास जरूरत भी नहीं है। विभिन्न कल्याण संस्थाओं को हक है कि वे स्वतंत्र रूप से पैरवी कर सकती हैं। एक संस्था तो मैदान में कूद भी चुकी है। अखबारों में निकलवा कर उसने अपनी उपलब्धि का प्रोपैगण्डा करना भी शुरू कर दिया है··· ये तो पुलिस से भी आगे हैं, साहब··· नाम की हवस पैसे की हवस से प्रबल

होती है।'

'लेकिन...।' मैं भयंकर उलझन में धंसा जा रहा था।

'आप पूछेंगे कि मैंने अपनी स्थिति स्पष्ट करने की कोशिश की या नहीं। की थी। पर वह, मात्र औपचारिकता व घड़ियाली आँसू मान ली गई। वे यकीन करते भी क्यूँ ? इकबाल करता ही कौन है ? अपने पक्ष में ही बोलते हैं सब। मैं तो रोया भी, पर रो तो बड़े-बड़े मक्कार भी लेते हैं। मेरा रोना भी मक्कार का रोना समझा गया।'

'पुलिस को तो जरूर हकीकत का इल्म होगा न ?' मैं नपुंसकतापूर्ण बौखलाहट से भर गया था।

'रहने दो, ए. एस. पी. साहब, पुलिस तो मेरी माँ को भी बंद करने वाली थी... गाँव का मकान बेचकर जो मिला उसे माँ की जगह फिरौती के रूप में यहाँ भेंट कर चुका हूँ।'

'क्या ?' मैं छटपटाया–'तो माँ अब रहती कहाँ है ?'

'मालूम नहीं। हाँ, जब भी मिलने आती है, कहती है, ठीक है वह।' कहकर परेश कुछ पल चुप रहा। शायद 'कहे या न कहे' की जद्दो-जहद में था वह। उसने अपना मस्तक घुटने पर टिका लिया और धीरे से आक्रोशमयी आवाज में कहने लगा–'पुलिस के बारे में सुना तो था, पर अनुभव अभी हुआ है।... मैं चाय नहीं पीता, पर मेरे नाम से रोज तीस-तीस रुपए का बिल चाय का आ रहा है, जिसे मेरी माँ चुका कर जाती है। माँ को सच मैं बताता नहीं, चाहता हूँ, कम से कम उसे ये भ्रम तो रहे कि मैं कुछ न कुछ खा-पी रहा हूँ।... भ्रम ही तो जीवन रह गया है अब... यथार्थ की चेतना तो मात्र पागल बना देने के काम आ सकती है।'

पूरे परिवेश से कटा-सा मैं अंदर ही अंदर उद्वेलित होता रहा। परेश अब भी जारी था। उसकी आवाज तनिक गंभीर व संयत हो गई थी और निगाहें स्थिर–'केस कोर्ट में जा चुका है, रमेश। मामले का नगण्य अंश ऐसा हो सकता है जिसमें तुम कुछ कर सकते हो। लेकिन उसके लिए भी मैं तुम्हें कष्ट नहीं देना चाहूँगा...।' परेश तनिक रुककर, गर्दन झुकाकर पुनः

बोला—'हो सके तो इन चाय के बिलों को रुकवा दो, रमेश, हो सकता है एकाध 'पीतल' का छल्ला मेरी विधवा माँ के पास बचा रह जाए···।' इतना कह परेश मुझसे कट कर एकांत कोने की ओर बढ़ गया।

मैं पूरे ब्रह्माण्ड में भटकती उल्का-सा बैठा रहा।

चिट्ठी

चिट्ठी आई थी। गाँव से। छोटे भाई की लिखी हुई। भाई दसवीं में पढ़ता है, परन्तु लिखाई ऐसी कि वह स्वयं न पढ़ सके। चिट्ठी में मुख्य बात यह थी कि दादाजी बीमार हैं, और उन्हें पैसे की जरूरत है।

चिट्ठी पढ़ने के पश्चात् एक साथ कई बातें मन में उभरीं। मसलन, छोटे भाई की पढ़ाई की शोचनीय स्थिति, मेरी आर्थिक स्थिति, आदि। ऐसी स्थिति में महीने के अन्तिम सप्ताह में दादाजी की मदद करना कठिन था।

'आशा।' मैंने पत्नी को पुकारा।

पत्नी के आते ही मैंने कहा, 'चिट्ठी आई है। दादाजी बीमार हैं। पैसे कितने हैं घर में ?'

'होंगे कोई अस्सी रुपए।' पत्नी बोली।

'अस्सी रुपए ! पूरे आठ दिन बचे हैं तनख्वाह मिलने में, समझी ? पूरे 1470 रुपए मिले थे।' इस स्थिति को सोचकर मैं व्याकुल हो उठा। परन्तु पत्नी ने मेरी पूरी बात नहीं सुनी। वह अंदर चली गई थी। थोड़ी देर बाद उसने एक पर्चा लाकर मेरे सामने रख दिया। मैंने पर्चे पर नज़र दौड़ाई। लिखा था :

मकान किराया	300 रुपए
दूध	180 रुपए
सब्जी वाले के	160 रुपए

नमक-तेल वगैरह	275 रुपए
मुन्ना की फीस आदि	120 रुपए
जेब ख़र्च	80 रुपए

'ये तो 1115 रुपए हुए, बाकी ?' मैंने पूछा।

'पिचासी मेरे पास हैं।'

'बाकी दो सौ सत्तर ?'

'छुट-पुट में खर्च हो गए। पचास तो अखबार वाला ले गया।'

'हुँ। अखबार बन्द कर दो कल से।··· ऐसा करो, कौशिक के यहाँ से ले आओ दो सौ रुपए, तनख्वाह पर दे देंगे।'

'वहाँ नहीं मिलेंगे, खुद मिसेज कौशिक सुबह मुझसे माँग रही थीं।'

'तो नरुला के यहाँ से ले आओ।'

'तो क्या गाँव भेजने जरूरी हैं ? वे खुद प्रबन्ध कर लेंगे।' पत्नी का टका-सा जवाब था।

'आशा, तुम शहर में पली हो। तुमने गाँव को फिल्मों में देखा, और किताबों में पढ़ा है, समझी ?' मैंने जब दबी जबान में नपे-तुले शब्द बोले तो वह सीमा पहचान गई। सो, चुपचाप चली गई वह।

मैं चाहता था कि पत्र द्वारा दादाजी को सूचित कर दिया जाए कि मैं फलां दिन आ रहा हूँ।

मैंने अन्तर्देशीय पत्र सामने बिछा लिया, और लिखने के लिए मजमून खोजता हुआ कल्पना के सहारे गाँव में ही पहुँच गया। मेरी आँखों के समक्ष वही अवसर उभर आया जब मैं पिछली बार गाँव गया था। सरपंच के लिए चुनाव हुआ था उन्हीं दिनों।

चुनाव क्या था, पूरा भगवती जागरण था। सरपंच के लिए दो व्यक्ति चुनाव-मैदान में थे–एक बदमाश और मुकद्दमेबाज गुट की ओर से था; दूसरा समझदार लोगों द्वारा खड़ा किया गया था। यूँ तो पहले गुट का मानना था कि आज की राजनीति में ऐसा सरपंच कामयाब है जो थानेदार को भी चाँटा मारने की हिम्मत रखता हो। दूसरा गुट ईमानदारी व समझदारी का कायल था। परन्तु, फिलहाल स्थितियाँ पलट गई थीं। पहला गुट यह

दिखाने का प्रयास कर रहा था कि वे निहायत शरीफ हैं। इसके लिए चुनाव लड़ रहे व्यक्ति ने गुंडा-सुलभ दाढ़ी भी मुंड़ा ली थी। जबकि शरीफ गुट के 15-20 नौजवान हाथों में लाठियाँ लिये यह दिखाते घूमते रहते थे कि वे भी कम बदमाश नहीं हैं।

जैसा कि पूर्व-निर्धारित होता है, बदमाश गुट जीत गया। परिणाम के बाद दोनों गुट प्रकृतिस्थ हो गए—यानि, नये सरपंच ने दाढ़ी पुनः बढ़ानी शुरू कर दी, और हारे हुए गुट के नौजवानों ने लाठियाँ बन्द रख दीं।

बदमाश गुट विजयी कैसे हुआ, यह जिज्ञासु पाठकों के लिए रोचक विषय है। असल में, किया इस तरह गया कि दो अदद पेटियाँ मत-पत्र डालने के लिए रखी गईं। एक पर प्रथम गुट का चिह्न चिपका दिया गया, तथा दूसरी पर दूसरे प्रत्याशी का। चुनाव के दौरान शरीफ गुट वोट डलवाता रहा; बदमाश गुट चुनाव अधिकारियों के तलवे सहलाता रहा। चुनाव के बाद दोनों पक्षों के लोग बाहर निकाल दिये गये। इसके बाद पेटियों पर नाम कैसे बदले गये यह रहस्य बना ही रहा। ज्यों ही यह प्रक्रिया पूरी हुई, मतगणना के पूर्व ही गुण्डा-गुट का विजय-मृदंग बज उठा।

चुनाव के अगले दिन सुबह मैं जब टहलने निकला तो हरिया मिल गया। यूँ मौसम एकदम साफ था, मगर वह इस तरह देख रहा था जैसे धुंध बरस रही हो। 'अरे, मोहन भाई, अब दीख रहे हो!' उसने इस तरह कहा मानो वाकई उसने मुझे अभी देखा हो, हालाँकि चुनाव की मस्ती में कल उसने मुझे अनदेखा कर दिया था। फिर भी मैंने कहा, 'हाँ भई, तुम कल चुनाव में व्यस्त थे।' हरिया मुझे सद्भाव-सूचक धक्के से धकेलता दूर एक तरफ ले गया। हालाँकि पहली जगह भी एकांत थी। मगर जाहिर था कि वह कोई गुप्त बात करना चाहता था। वह बोला, 'देख भाई, तुम्हारी तो सरकार में पहुँच है। हमारे लड़के को भी कहीं फँसवा दो। चार बरस हो गए नौवीं किए, घर बैठा है...।'

'दसवीं तो करवा देते कम से कम।' मैंने अपनी असमर्थता को छिपाया।

'क्या करूँ। नकल भी करवाई थी, मगर फेल हो गया। सब नसीब

है, भाई। रामधारी का लड़का नकल का फ़ायदा ले गया। मास्टर के पास दो धड़ी गुड़ भिजवा कर उसे नकल करवाने के लिए राज़ी किया था, परन्तु सब गुड़ गोबर हो गया।'

मुझे समझ में न आया कि हरिया पर क्रोध करूँ या रहम। 'देखेंगे' कहकर मैंने उसे टाला।

आगे बढ़ा तो जीतू मिल गया। 'हरिया के चक्कर में फँस गये क्या, मोहन भाई ?' उसने सीधे ही कहा। 'बड़ा घाघ है। तुम शहरियों को गाँव की सियासत की समझ कहाँ ! एक नम्बर का चोट्टा है हरिया। सोसाइटी पीछे लगी रहती है, मगर क्या मजाल एक पाई भी कर्ज की वसूल ले। भनक लगते ही खेतों में जा छुपता है।' इसके पश्चात् हरिया-प्रकरण समाप्त करके जीतू नुक़ते पर आया, 'देख भाई, मुझे मालूम है कि तुम शहरी लोग सब ठिकाने-कानून जानते हो। मैं जानता हूँ कि बिना लिए-दिए काम नहीं बनता। हमारे बलबीरे को कहीं फिट करवा दो, जितने लगें बता देना।'

हम बातें कर ही रहे थे कि बलबीरे भी वहीं आ गया।

'अपने चाचा के पैर छू, नालायक।' जीतू ने हिदायत दी।

'समझ लो, छू दिए।' बलबीरे ने गर्दन खुजलाते हुए कहा।

'मोहन भाई, ससुरी औलाद पर किसी का जोर नहीं।'

'हुँ, सो तो है।' मैंने हामी भरी और बलबीरे से पूछा, 'टाइप-वाइप करना सीखा है ?'

'कोई पैसे न दे, तो कहाँ से सीखूँ ?' बलबीरे ने इस तरह कहा मानो पास खड़े नीम के पत्तों से बात कर रहा हो। 'कोई' का अर्थ उसके बाप 'जीतू' से था, लिहाजा उसी ने आक्षेप ग्रहण भी किया। इसलिए बाप-बेटे में तू तू-मैं मैं हो गई।

मैं आगे बढ़ गया। देखा, कूड़े के बड़े ढ़ेर के पीछे से एक व्यक्ति चला आ रहा है। वह अपने पाजामे का नाड़ा पकड़े तालाब की ओर जा रहा था। मैंने नजरें झुकाकर निकलना चाहा। उसने मुझे रामायण की पात्रा सिंहिका की तरह गह लिया, 'हाँ भई, हमसे बातें क्यों करोगे ! जीतू जैसे चालाक आदमी से बातें करने के बाद हमारे जैसे भोले लोगों से क्यों मिलोगे।

लेकिन आखिर हम भी सेर अनाज से पेट भरते हैं।'

'न भरते तो खाली करने के लिए ढेर के पीछे जाने की नौबत ही कहाँ आती !' मैंने कहा।

'बड़े मजाकिया हैं आप। दरअसल मैं कह रहा था कि जीतू एकदम कढ़ा हुआ आदमी है। सुनो, पीछे भैंस तो मरी थी खीमन की, पर हाकिमों से मिलकर दिखा दी अपने नाम। बस, कर्ज माफ हो गया।··· खैर छोड़, चुगली पसंद नहीं करता मैं। अच्छा, एक काम करवा दो, अपने दफ्तर में मेरी चाय की दुकान खुलवा दो, तुम्हारी चाय फ्री।'

मैं देख रहा था, वह पाजामा वापस बाँध रहा था। 'पहले जाकर पवित्र होकर आओ।' कहकर मैं चल पड़ा।

'बस शहरियों के ये चोंचलें हमें पसंद नहीं।' कहता हुआ वह भी चला गया।

'मैं छुटकारा पाकर तेजी से बढ़ने लगा। तभी रामू ने दूर से आवाज दी, 'भय्या मोहन, हमारी भी खैर-खबर ले लिया करो।'

इससे पहले कि मैं कुछ बोलता, पास से गुजरते हुक्मी ने बैल की पूँछ मरोड़ते हुए कहा, 'ये शहरी किसी के नहीं होते··· चल चितकबरे !'

तब तक रामू पास आ गया था। लगभग पैरों में पड़ता वह बोला, 'मोहन, तुम्हारी भाभी तुम्हें रोज याद कर लेती है। मैं ही उसे समझाता हूँ कि आप लोगों को फुर्सत ही कहाँ है। मगर अब आ गए हो, सो घर जरूर आना।'

'क्या कोई काम है ?'

'नहीं-नहीं, बस बात ये है कि तुम्हारी भतीजी बारह पार कर गई है···।'

'चाहते हो कि उसके हाथ पीले कर दो।' मैंने रोष-वश जोड़ लगाया।

'हाँ-हाँ··· कोई लड़का हो तुम्हारे दफ्तर में···।'

'देखूँगा।'

'देख, टालना मत। पढ़े-लिखे लोग टालते ज्यादा हैं।'

'एक लड़का है, सब्जी की दुकान है उसकी।' मैंने तनिक सोचकर

कहा।

'न-न। दो पैसे कम हों, पर काम छोटा न हो। और देखना कोई।' कहकर वह चला गया।

मेरा मन आगे बढ़ने को न हुआ। मैं वापस लौट आया।

'घूम आए, बेटा ?' दादाजी ने खाट पर बैठे-बैठे पूछा। 'हाँ।' मैंने मरे-से मन से जवाब दिया।

'घूमने लायक रहा भी क्या है, बेटा, गाँव में ? लोगों के पास बँटवारों के कारण छोटी-छोटी जोतें बची हैं। न पढ़ाई है न लिखाई है यहाँ। लड़के यूँ ही आवारा घूमते हैं।··· अब तो यहाँ बस बातें ही रह गई हैं, बेटा।' दादाजी ने एक गहरी साँस ली, 'किल्लत की मारी आत्मा में ईर्ष्या, फरेब, चालाकी, झूठ वगैरह बस गए हैं।··· खैर, ये गाँव की बातें हैं, तुम क्यों पचड़े में पड़ो।'

पत्नी आ गई थी। सौ रुपए का एक नोट वह मेरे सामने रख कर चुपचाप चली गई। मैं जैसे निद्रा से जागा। मेरा मन न जाने क्यों कसैला हो गया था। मैंने सामने पड़े, अन्तर्देशीय पत्र पर लिखा :

'दादा जी, मैं गाँव आ सकने की स्थिति में नहीं हूँ। सौ रुपए मनीआर्डर द्वारा भेज रहा हूँ, छुड़ा लेना। स्वास्थ्य के बारे में पता देते रहना। रवि की पढ़ाई ठीक ही होगी। जल्दी में हूँ, शेष फिर।'

आपका,
मोहन।

■■■